ALLÉE DES IMMORTELLES

DU MÊME AUTEUR

LE CAVALIER DE SAUMUR, Actes Sud, 2023.

ISBN 978-2-330-19326-3

FLORIAN PRÉCLAIRE

Allée des Immortelles

ROMAN

un endroit où aller
ACTES SUD

Là-dessus, au fond des forêts
Le loup l'emporte et puis le mange,
Sans autre forme de procès.

JEAN DE LA FONTAINE

1

LE SOIR qui tombe sur la forêt domaniale de Phalempin allonge les ombres des troncs de la chênaie. Massifs et noueux, boursoufflés de gourmands, les vieux fûts sont nourris de longues racines qui drainent dans des profondeurs souterraines l'humidité manquante en surface par cette fin de juillet chaude et sèche. Envoyés par le vicomte, les deux hommes quittent rapidement les allées larges pour des chemins étroits qui serpentent et disparaissent au cœur du bois. Le bûcheron et son aide cherchent des yeux un arbre remarquable. Étrangement, quoiqu'ils s'engagent dans des zones inexplorées, où les sentes le cèdent à des pistes de cerfs et des trouées de sangliers, ils ont la prescience de suivre un itinéraire précis. Un instinct les conduit, qui leur donne la certitude qu'ils s'aventurent dans la bonne direction. Comme ils pénètrent des espaces sauvages, de nombreux chablis couverts de lichens entravent leur progression. Conscients qu'à chaque obstacle qu'ils franchissent la forêt se referme un peu plus derrière eux, cernés par une obscurité croissante, ils n'envisagent cependant pas de rebrousser chemin. Une force les pousse à continuer d'avancer. La rumeur du vent dans les feuillages les enveloppe. Une puissante odeur d'humus s'élève du sous-bois. Ils sentent qu'ils sont observés. Au-dessus d'eux, les disques faciaux des chouettes nichées parmi les branches se fendent sur de grandes pupilles noires entourées d'un anneau orangé frangé d'or. Bientôt un arbre au port plus noble que les autres se dresse devant eux, et ils savent qu'ils sont arrivés.

Tandis que l'aide allume la lampe-tempête, le bûcheron retire la hache de son étui. La première fois qu'il frappe l'écorce, la lame tressaute. L'idée lui vient que c'est un signal par lequel l'arbre lui défend de poursuivre, mais il s'exhorte à se sortir cette pensée bizarre de l'esprit, et il continue. Il élargit l'entaille. À chaque coup porté, il sent la secousse se propager le long de ses bras. Pendant qu'il travaille, à cause de la transpiration, des plaques rouges se forment derrière ses genoux, sous ses aisselles et au creux de ses coudes. Ses gestes perdent peu à peu en force et en amplitude, car les irritations le gênent. Des fourmis grimpent sur ses mollets et des araignées tombent depuis les branches dans ses cheveux. Puis l'air poisseux chargé de poussières de bois lui brûle la gorge. Il sent que quelque chose est sur le point de mal tourner, comme si un ensorcellement protégeait l'arbre et pouvait punir celui qui tenterait de l'abattre.

Enfin il fend le cœur. Alors la mince section vierge sur laquelle repose tout le poids se déchire et l'arbre tombe au sol : un bruit de craquement s'élève, qui retombe en un silence lourd. Saisis par l'énormité de leur acte, les deux hommes frissonnent. Il leur faudra revenir le lendemain avec un cheval, tailler les branchages, débiter le tronc en plusieurs sections, puis harnacher celles-ci à l'animal pour charrier le bois hors de la forêt ; mais dans l'immédiat, ils sont pressés de repartir. Ils retournent par où ils étaient venus. Le bras tendu en avant avec la lampe à la main, le bûcheron précède son aide. Ils peinent à discerner les indices qu'ils avaient pris pour repères à l'aller, et mettent plus longtemps qu'ils n'auraient voulu pour retrouver le chemin tracé qui traverse des bosquets de troènes et de sureaux, avant de déboucher hors du bois. Ils prennent à travers champ jusqu'au mur d'enceinte qui ouvre sur l'arrière du domaine par un portail d'accès. Les allées rectilignes du jardin à la française sont bordées de haies de buis qui rehaussent des parterres fleuris. Alors qu'ils rejoignent le logis de service, ils aperçoivent dans l'encadrement d'une des fenêtres de l'étage la flamme d'une chandelle qui se détache dans la nuit. Vacillante, sa forme élancée se défend, tandis que la marquise s'agite entre ses draps froissés sur un lit trop profond pour le travail.

2

Au pied du lit de Marie-Émeline, un baquet de cuivre est rempli d'eau claire, dans lequel une jeune fille replonge régulièrement un linge qu'elle essore, plie, puis dispose sur le front de la marquise de Butron y Muxica afin de la rafraîchir. En fin d'après-midi, lorsqu'il est devenu certain que celle-ci allait accoucher, sa domestique s'est rendue au puits. Après l'avoir fait descendre jusqu'au fond, elle a remonté à la hâte le seau rempli d'eau fraîche. Remuée par le spectacle de sa maîtresse sur son lit d'accouchée, elle est revenue précipitamment. De sa démarche empressée elle a dérangé les graviers de l'allée, puis elle a monté quatre à quatre les marches de l'escalier central du château. Dans son emportement, elle a laissé échapper des giclées qui ont maculé les tapis et formé des marbrures sur les parquets.

Les chandelles répandent sur la figure de Marie Émeline une lumière fragile et mouvante. Sa chevelure est défaite. Les boucles châtains régulières qui d'ordinaire encadrent son visage à l'ovale doux s'emmêlent sans discipline, des mèches sont collées sur son front par la sueur qui y perle. Ses traits accusent une grande fatigue. Des cernes gris soulignent ses yeux. Lorsque les contractions arrivent, plutôt que de se répandre en cris, elle serre entre ses dents une épaisse lanière de cuir sur laquelle elle imprime l'empreinte de sa mâchoire ; en même temps elle se redresse, les mains crispées sur les genoux. Comme la délivrance n'est pas loin, les spasmes se rapprochent. Elle sent les mouvements de l'enfant à naître qui cherche le jour et appuie de son crâne sur le col mais continue de puiser l'oxygène à la source de l'ombilic.

3

DANS LE CIEL des bandes de nuages s'étirent, qui se tressent avec l'obscurité de la nuit. En dépit des lueurs des bougies, la chambre de la marquise est gagnée par la ténèbre. Les encoignures de la pièce sont plongées dans le noir, et il semble que l'espace s'étrécisse aux dimensions du lit sur lequel la parturiente ramasse son corps, penchée en avant. Les visages de la jeune fille, de la sage-femme et du médecin accoucheur s'évanouissent lorsqu'ils s'éloignent de l'alcôve, puis réapparaissent au chevet de Marie-Émeline. Comme s'ils étaient détachés des corps masqués par la pénombre, un faciès gras bourgeonné d'acné tardive, une figure juvénile au teint mordoré et parsemé de taches de rousseur, ainsi qu'un profil blême marqué d'une cicatrice se relaient dans le halo de clarté.

La tête de l'enfant à naître s'engage. L'effort est tel pour sa mère et lui que, tandis que son cœur s'emballe, la tension de Marie-Émeline chute brutalement. Jusque-là appliquée alternativement à encourager la marquise par des accents énergiques et à la réconforter d'un ton rassurant, la voix de la sage-femme se voile ; le médecin, demeuré mutique jusqu'alors, commande d'ouvrir l'une des deux fenêtres et s'approche pour s'assurer du pouls. Pendant que d'une main il appose l'index et le majeur sur la veine jugulaire, et que de l'autre il tient sa montre à gousset équipée d'un chronographe, la fraîcheur de la nuit pénètre dans la chambre, qui s'emplit d'odeurs de prairie. Au silence grave retombé sur l'assistance entre les contractions succède un fond sonore fait de stridulations d'insectes. Parfois les crapauds qui ont colonisé le bassin font entendre leurs coassements.

Enfin, au mitan de la nuit, Marie-Émeline est si épuisée qu'elle ne parvient plus à accompagner de ses forces les contractures de son ventre, et il faut l'aide d'un forceps pour que Georges-Armand vienne au monde.

4

Les signes qui accompagnent sa naissance sont contraires. La faute en revient au vicomte, son père, qui non seulement envoie son bûcheron pour une coupe précisément au soir du jour où sa femme devait accoucher, mais oublie également de faire planter un arbrisseau dans le parc en l'honneur de son fils, comme c'est pourtant la tradition. Distrait par l'inquiétude que lui cause la santé de son épouse, très affaiblie en suites de couches, il manque d'accomplir le rituel, qui avait pourtant été respecté à la naissance du premier-né. Par une conjonction funeste, il place ainsi la destinée de son second sous de mauvais auspices.

La coïncidence est troublante, et pourrait même passer pour la manifestation plus ou moins volontaire d'une d'hostilité. Homme maigre, taiseux, au regard d'un bleu pénétrant, le vicomte n'est pas coutumier d'être distrait. Il gère son domaine avec rigueur, sait la force des symboles et le poids des manquements. La double faute qu'il commet est d'autant plus signifiante qu'il lui eût été facile de planter un jour ou l'autre l'arbre du fils cadet. Occupés aux tâches quotidiennes dans l'enceinte du bâti, les gens du domaine ne prêtent bientôt plus attention aux circonstances singulières de la naissance de Georges-Armand, mais quand il arrive que l'un ou l'autre d'entre eux se hasarde par le parc, ce n'est pas sans un léger malaise qu'il foule la prairie nue là où aurait dû croître un chêne ; lorsqu'il faut prélever un arbre au bois, le bûcheron évite la zone où se trouve la fameuse souche.

5

L'ENFANT, qui longtemps méconnaîtra tout de cette double négligence, semble pourtant sentir d'emblée l'injustice de sa condition. À mesure qu'il grandit, Georges-Armand éprouve envers son grand frère Anatole un ressentiment croissant. Né comme lui au château familial de Baye un peu moins de deux ans auparavant, le 18 novembre 1883, Anatole est voué à porter le titre de vicomte, tandis que Georges-Armand, lui, n'a pour lot de consolation que l'affection démesurée de Marie-Émeline, qui le cajole à l'excès et l'étouffe de son amour. De son inquiétude aussi, trait de tempérament dominant de son caractère qui d'elle à son cadet passe dans le sang, et fait que Georges-Armand éprouve dès ses premières années des sentiments de terreur si grands qu'il peine à s'endormir le soir seul dans sa chambre.

Entre des murs où se côtoient les patrimoines et les insignes des lignées Cauvet de Blanchonval et Butron y Muxica, Georges-Armand évolue dans un fouillis d'objets mystérieux et de symboles indéchiffrables qui l'épouvantent. Tout ce qui s'offre lisiblement à son frère ainsi qu'une promesse lui est source de confusion et d'effroi : les coffres d'acajou aux ferrures imposantes, les lustres opulents où se consument des chandelles, les tapisseries qui représentent des scènes mythologiques. Quand Anatole pose sur le mobilier le regard assuré de qui se sait un futur héritier, lui s'abîme dans des rêveries fantastiques. Les coffres cachent des créatures, la cire écoulée des lustres dessine des figures horrifiques, un cyclope darde son œil sur lui. Plus encore que le château, c'est la chapelle qui lui est un inépuisable réservoir d'angoisse. Les dimanches, il appréhende de passer sous le tympan sculpté d'un blason tenu par deux lions ; le même blason aux motifs animaliers remplis de gueules béantes, de chimères, de bêtes affamées ou meurtries au flanc qui est porté sur les vitraux des fenêtres latérales. Pendant la messe, il regarde ces fauves aux corps ailés pourvus d'une queue serpentine, ces loups transpercés par des lances, et ces renards suppliciés qui côtoient étrangement un bestiaire de ferme, poules et canards présentés de profil et par paires. Des miniatures encloses dans des rectangles réguliers, sur fond coloré bleu roi, grenat ou blanc. La nuit, dans la solitude de sa chambre, les scènes minuscules prennent des proportions gigantesques. Les animaux échangent leurs blessures, ils succombent dans des flaques de ciel et de sang.

6

À PARTIR des années 1890, Georges-Armand et Anatole prennent l'habitude de passer par le pavillon du château pour se rendre en secret de leurs parents dans la grande galerie. Là, sur les carreaux de ciment noir et blanc en damier, ils se battent. Une lutte au corps à corps sauvage, sans règles, sans pitié et sans fin. C'est plus fort qu'eux. Soit qu'ils soient légataires des pulsions fratricides inscrites dans leur sang (leur haine, souvenir d'un temps où deux de leurs ascendants s'étaient entretués en duel), ou que leurs personnalités soient telles qu'ils éprouvent l'un pour l'autre la répulsion qu'on ressent devant son reflet déformé, ils se livrent un combat sans merci.

Plutôt que d'essayer de se frapper debout, ils cherchent des prises. Dès qu'ils parviennent à s'attraper, ils se poussent de toutes leurs forces jusqu'à se faire tomber. Au sol, ils s'agrippent, et avec leurs pouces ils s'appuient sur les yeux ou sur l'aine. Ils se mordent. Ce n'est que de se représenter leur mère horrifiée au spectacle des blessures qu'ils s'infligent qui les retient de se crever les yeux, de s'arracher les lobes des oreilles ou de se meurtrir les flancs jusqu'à l'hémorragie. Malgré cette retenue ultime, leurs corps portent les empreintes visibles de leurs bagarres : des entailles, des bleus et des bosses comme en ont tous les enfants, mais davantage et d'une plus grande sévérité. Les plaies sont profondes et se rouvrent sitôt guéries, les ecchymoses se convertissent en hématomes, taches violacées cernées de larges auréoles bleutées. Pourtant Marie-Émeline ne voit pas, ou feint de ne pas voir. Elle ne s'occupe pas elle-même des soins des corps de ses garçons ; elle est ailleurs lorsqu'Anatole fait irruption dans le grand salon l'oreille gauche ensanglantée.

Le sang impressionne, mais c'est bien lui qui a presque toujours le dessus. Non seulement parce qu'il est l'aîné et qu'il est le plus fort, mais aussi parce que Georges-Armand a une condition de santé ignorée de tous. Une tare de naissance qui lui vaut de s'essouffler au moindre effort et d'être toujours le plus lésé des deux.

L'accident se produit alors qu'Anatole comprime le thorax de son frère. Privé d'air, celui-ci perd connaissance. Après qu'il est resté médusé devant son cadet inerte à ses pieds, Anatole finit par quitter la galerie en courant, et traverse le pavillon pour gagner le logis principal du château où il rend compte à sa mère de l'évanouissement de Georges-Armand. Celle-ci fait le chemin en sens inverse, et lorsqu'elle arrive à la hauteur de son fils le plus jeune, quoiqu'il ait repris ses esprits, il est si blême et paraît si faible qu'elle décide de faire venir le médecin en urgence. Appelé, celui-ci ausculte l'enfant et diagnostique un souffle au cœur. Comme il ne souhaite pas prendre de risques avec la famille Cauvet de Blanchonval, de loin la plus renommée de sa patientèle, il interdit à Georges-Armand tout effort physique trop important, et recommande également d'éviter les émotions trop vives.

7

PEU AVANT de mourir, le vicomte décide de léguer son titre à la fois à son aîné et à son cadet, comme la règle le permet. Son geste tardif n'a cependant que peu d'incidence sur l'instinct de rivalité qui continue d'animer les deux frères. À l'adolescence, leur combat se déplace. Alors que Georges-Armand peine à se défaire des marques d'une enfance qui s'attarde, qu'il garde son visage légèrement bouffi et son corps un peu gras, Anatole acquiert une stature élancée et athlétique. En outre, ses traits s'affirment : une mâchoire large, un nez droit, un regard décidé et un front haut composent la physionomie d'un jeune homme sûr de lui. La couronne du chêne rouvre planté à sa naissance dans le parc du château atteint dix mètres. L'écart entre la beauté d'Anatole et la disgrâce de Georges-Armand est criant.

Régente d'une lignée que l'époque est sur le point de condamner, la marquise n'est pas aveugle à la précarité de sa situation. À l'image de nombre de familles aristocratiques de son temps, elle souhaite assurer l'avenir de ses fils par un mariage avisé. Directeur de la Compagnie des mines de Béthune, Louis Mercier est pour ainsi dire son voisin. Sa fille, Marie-Louise, est d'une grande beauté ; mais alors que tout est planifié pour qu'à un dîner arrangé elle s'éprenne d'Anatole, elle présente au jeune homme un profil impassible tout le temps du repas. Quoiqu'à cette époque celui-ci reçoive des attentions féminines multiples, il en est profondément blessé, d'autant qu'il ressent immédiatement pour Marie-Louise des sentiments qu'il ne se savait pas pouvoir éprouver. Lorsqu'en outre il s'aperçoit que celle-ci porte à son frère une attention plus soutenue que les convenances ne le nécessitent, son amour naissant se trouve multiplié par une jalousie sans mesure.

8

TOUT CELA se passe furtivement, par des signaux imperceptibles au milieu des gestes et des mots voulus par les bienséances. Un drame amoureux sans éclats de voix, une tragédie silencieuse dont les seules manifestations sont des regards et des expressions vite réprimés, l'abandon du cœur couvert par les automatismes d'une discipline apprise dès l'enfance.

Dans le salon circulaire du château de Noulette, autour de la table à manger, Louis Mercier entretient la marquise des cours de la houille et du charbon. Ingénieur de formation, à la tête d'une richesse colossale mais récemment bâtie, il trahit par son empressement à parler le léger complexe social qu'il éprouve à recevoir l'aristocrate accompagnée de ses deux fils. Forcée d'assumer seule la charge des mondanités depuis la mort de son époux, Marie-Émeline est quant à elle habituée à cacher l'ennui que lui procurent les conversations des hommes. Pendant qu'elle masque son désintérêt et sa méconnaissance du sujet en arborant un sourire figé, Marie-louise, éclatante ce soir-là dans sa robe en damas de soie bleu nuit, accapare les regards des deux garçons. Tandis qu'Anatole se félicite trop vite de la beauté de celle qu'il considère d'emblée comme sa promise, avant de s'inquiéter de voir celle-ci lui marquer de l'indifférence, Georges-Armand, absorbé dans la contemplation du tissu, laisse divaguer son esprit d'une manière moins terre à terre. À force de réminiscences, ses lectures enfantines ressuscitées, il pense au conte de Peau d'Âne. À ces robes couleur du soleil et du temps dont la magnificence trahit l'amour déraisonné d'un père pour sa fille ; puis à ce vêtement du salut, la peau de bête signe d'infamie et de liberté. Il pense : *une robe couleur de nuit*.

9

POUR BIZARRES qu'elles soient, les divagations de Georges-Armand manifestent avec justesse une connaissance intuitive de la personnalité de la demoiselle Mercier, puisque malgré son chignon bien dressé et sa taille fine prise dans un corset, celle-ci ne saurait se contenter d'être la pièce d'une transaction entre aristocratie et bourgeoisie, ni se soumettre aveuglément aux désirs conçus pour elle par son père. Si elle se rapproche en quelque manière des deux frères, c'est pour la sauvagerie dissimulée qu'elle a en partage avec eux, non les nécessités du jeu social dans lequel à son corps défendant elle se trouve impliquée. Du reste, ce que les frères ne savent pas, c'est que les sentiments de Marie-Louise pour Georges-Armand ne naissent pas au cours de ce repas mais qu'ils se sont éveillés bien avant, dans la chapelle qu'il lui arrivait elle aussi de fréquenter pendant son adolescence. Pas tous les dimanches comme les Cauvet, mais de manière exceptionnelle, lors des grandes célébrations, Noël ou Pâques.

Pour ces deux occasions les gens venaient des alentours, et l'édifice, d'ordinaire d'un usage presque exclusivement familial, était bondé. Avant l'office, tout le monde piétinait dans l'allée gravillonnée, soit à la lumière de flambeaux dans l'attente de minuit, soit dans les frimas de mars ; enfin on entrait et la cérémonie commençait. Les Cauvet étaient au premier rang. Quelque part à l'un des rangs intermédiaires, la fille Mercier les regardait. Elle observait plus particulièrement Georges-Armand, dont les yeux revenaient régulièrement au vitrail pour lequel il n'éprouvait plus les épouvantements de son enfance, mais tout de même encore une sorte d'attirance, comme si le motif demeurait pour lui chargé d'un vague magnétisme.

En dépit ou à cause de la physionomie singulière du jeune homme, Marie-Louise s'était alors sentie une affinité avec lui. Elle s'était prise de tendresse pour ce visage dont l'expression l'avait interpellée. Elle s'était figuré qu'ils avaient des âmes également tourmentées. À défaut d'un autre à aimer qu'il lui aurait été donné de côtoyer, ses sentiments avaient suivi la pente engagée. D'un hiver l'autre, dans des nuits grelottantes, puis aux printemps dans des aubes cernées de brouillards, elle s'était affermie dans la conviction qu'il lui plaisait. Jusqu'au jour où entre des murs humides et froids, dont l'un était gravé d'une inscription au sujet d'une *Très noble et très illustre Demoiselle Marie-Anne de la Torre y Butron Muxica* enterrée quelque part sous ses pieds, elle s'était convaincue dans son for intérieur, sans avoir même jamais échangé le moindre mot avec lui, que Georges-Armand était fait pour elle.

10

LORSQU'IL se présente pour la première fois aux abords de la propriété de son futur beau-père, Georges-Armand n'ignore pas, comme tout un chacun dans la région, qu'avant de devenir directeur, Louis Mercier a été un homme du *fond*. Entré comme ingénieur à la Compagnie des mines d'Anzin en 1877, celui-ci n'avait pas connu la rigueur des travaux de force dans les boyaux, mais il avait toutefois passé des années dans les galeries à concevoir des étayages. Il savait évaluer la résistance des matériaux, et sonder la terre. Il connaissait toutes les subtilités des strates dont elle est faite, la densité du coke et celle du charbon. Il les connaissait par les chiffres plus que par la chair, il maniait le papier et le crayon davantage que le pic d'abattage, mais de ses calculs dépendaient des vies et des volumes d'extractions, et il avait partagé avec les mineurs l'air raréfié en oxygène ainsi que le danger. Il savait ce qu'est un mauvais jour, comme en témoigne une citation à l'Ordre du pays, qui mentionne que *par sa fermeté de caractère, sa présence constante de jour comme de nuit aux points les plus exposés, son exemple incessant, il a su sauver les travaux des fonds, malgré une grave intoxication par les gaz.*

11

DANS LE VESTIBULE du château de Noulette, un buste de Marie-Louise enfant posé en évidence sur un guéridon accueille Georges-Armand. Pour avoir grandi dans un domaine où les objets d'art fourmillent, le jeune homme n'en est pas moins frappé par la statue, qui lui offre à voir celle qui est destinée à être son épouse sous des traits éternellement candides. Au salon, des figurines en terre cuite alignées sur des consoles confirment l'intérêt des Mercier pour la sculpture, et au premier chef celui de Marie-Louise elle-même, l'autrice des œuvres.

À l'image des autres jeunes filles de son milieu, elle avait appris les règles du savoir-vivre, et elle avait reçu des cours de musique, de dessin et de sculpture. L'occupation, pour laquelle elle s'était prise de passion, avait meublé son temps, et également sa solitude. Orpheline de mère, fille unique grandie dans un foyer bourgeois, elle avait passé son enfance, puis son adolescence, sans presque aucun contact avec des jeunes filles de son âge. Son éducation avait consisté à acquérir des aptitudes et des attitudes calquées sur celles de l'aristocratie, dont le déclin assuré n'empêchait pas qu'elle demeure une sorte de modèle, notamment aux yeux de son père. Ainsi Louis Mercier s'honorait-il des talents de Marie-Louise et exposait-il avec fierté ses statuettes, ainsi que le bronze qu'il avait fait faire d'elle pendant son enfance.

12

AU DÉBUT des années 1890, peu avant de devenir directeur général de la Compagnie des mines de Béthune, il avait offert à sa fille de poser pour Paul Theunissen, un sculpteur né comme lui à Anzin, qui avait fait les Beaux-Arts à Valenciennes, et dont la réputation grandissante tenait au talent pour les figures en bronze. Décuplée par son veuvage, son affection pour sa fille s'était manifestée dans ce cadeau, qui avait en outre consacré sa réussite sociale. La séance avait semblé interminable à Marie-Louise, mais le résultat était tel qu'il lui avait laissé une impression extraordinaire, et lui avait donné par la suite le goût de sculpter elle-même.

Pendant la pose, immobile sur le tabouret qui faisait face au sculpteur, elle avait ressenti des impatiences dans les jambes et eu mal aux joues, mais son père lui avait dit qu'il ne fallait surtout pas bouger, car l'artiste avait besoin de précision pour sculpter la cire. Alors elle s'était appliquée du mieux qu'elle avait pu pour garder la même expression pendant qu'il modelait le volume de son visage, pour ne pas cligner des yeux tandis qu'il évidait ses iris de petites demi-sphères, et pour ne pas remuer ses lèvres quand il incisait sa bouche. Après la séance, Paul Theunissen avait emporté le modèle afin de le transformer en bronze. Marie-Louise n'avait évidemment pas assisté à la fabrication du moule, puis à la coulée du métal, mais la magie n'en avait été que plus grande lorsque le buste final lui avait été offert.

13

DÉSORMAIS qu'il trône dans l'entrée du château, le buste ponctue de sa présence les entrevues des deux fiancés. Lorsque Georges-Armand rend visite à Marie-Louise, il est toujours d'abord confronté à cette image d'elle immuable, à son sourire éternellement figé, ainsi qu'à ses yeux qui fixent un point immobile sans jamais se départir de leur expression contemplative. Il attend là qu'elle descende, et pendant l'attente l'amour naît. Durant ces tête-à-tête de quelques minutes qui précèdent l'arrivée de son double au visage mobile, le buste *cristallise* les sentiments de Georges-Armand. Non pas qu'il soit séduit par la sculpture elle-même, mais il sent que l'artiste est parvenu à saisir dans son œuvre la part intemporelle de celle qu'il va épouser. Visible devant lui, l'âme de Marie-Louise offre à Georges-Armand de croire en l'éternité. Parce qu'elle incarne cette croyance, à laquelle la croyance en l'amour est subordonnée, la sculpture manifeste la possibilité d'aimer ; et comme ce qui peut se produire finit souvent par arriver, le buste incline peu à peu Georges-Armand à s'éprendre du modèle qui l'a inspiré.

Au cours du dîner de présentation, son frère s'était accordé sans difficulté aux attentes placées en lui, dont les sentiments avaient embrassé sans réfléchir les désirs de leur mère. Mais lui s'était pour sa part trouvé dépourvu de constater l'intérêt que lui portait la demoiselle Mercier. Si celle-ci avait eu tout le temps de mûrir sa passion lorsqu'elle l'observait dans la chapelle, il n'avait ainsi d'abord éprouvé pour elle que cette sorte d'attirance que produit naturellement la grâce.

Pourtant, entre l'agrément des instants partagés, le caractère d'évidence que prend leur relation au regard de leur union promise, et le vestibule où Marie-Louise le regarde au-delà du temps, il tombe véritablement amoureux d'elle. À l'heureux accord des choses vécues et des idées sur l'amour, qui le mène à éprouver pour la première fois que la vie peut lui être favorable, s'ajoute en outre que les signes sous lesquels il est né n'ont pas de prise chez les Mercier. Les statuettes d'argile du salon, dont la beauté simple contraste nettement avec celle du blason de sa maison, sont à ses yeux autant de talismans qui le protègent. Une protection nécessaire, car de son côté Anatole ne rend pas si aisément les armes. Orgueilleux, chevaleresque, celui-ci n'en revient pas de se voir préférer son frère et courtise la fille Mercier jusqu'au château de son père, où il se rend parfois à l'improviste, au mépris des conventions. *Mais*, ainsi qu'irritée elle finit par le lui dire dans un registre accordé à celui sur lequel il s'adresse à elle, *on ne fléchit pas un cœur à trop lui faire siège.*

14

Le 11 octobre 1910, le mariage est célébré à la mairie de Mazingarbe, suivi d'un office religieux qui se déroule dans la chapelle. Le lendemain, quoique Georges-Armand et Marie-Louise eussent préféré s'installer à Noulette, celle-ci déménage pour le domaine de Baye, où elle emporte le buste, ainsi que ses figurines et son matériel de sculpture. C'est que le titre va avec le domaine, et l'honneur d'être vicomte ne va pas sans l'impératif de loger à Baye. La largesse du père sur son lit de mort se révèle un cadeau empoisonné, puisqu'elle force les deux frères à cohabiter et entretient de façon pernicieuse le nœud des passions qui lient les trois jeunes gens, entre jalousie, désir et rancœur.

L'automne est pluvieux, les premiers froids sont précoces, la neige vient dès novembre. Les matinées sont frigorifiées de bises ou vouées à des bancs de brume qui peinent à se dissiper. Les chênes du parc sont auréolés d'un halo pâle qui leur donne un aspect fantomatique. Comme chaque année en cette saison, les hommes du domaine délaissent l'entretien des parterres pour assister les vicomtes dans leurs chasses. Sans plus de soin, les jardins perdent la droiture qui fait leur beauté. Reviviscentes à la faveur de l'humidité ambiante, les mousses et les hépatiques prolifèrent sur les bordures des allées, puis empiètent sur les alignements gravillonnés. C'est dans ce décor enténébré, et en cet état d'abandon, que le médecin qui vient confirmer au jeune couple que Marie-Louise est enceinte trouve les entours du logis.

15

Dans le bois qui borde le parc du château, les arbres caducs sont nus. L'humus du sol est couvert de feuilles ocre et brunes dont les teintes ternissent. Foulées par les chevreuils et les sangliers, celles-ci se décomposent lentement dans la terre. Les gelées déposent sur les bourgeons une mince enveloppe de givre. Les souches des arbres morts mûrissent des surgeons. Rapides et sûrs, rassemblés en meute, des poitevins et des fox-hounds, chiens de chasse rapides et tenaces, flairent un gibier en avant des chevaux. Maître d'équipage, le vicomte Anatole, aidé de ses veneurs, suit à distance la piste découverte par les chiens, qui commencent d'aboyer.

Un grand cerf est débusqué, et comme la course de l'animal l'entraîne d'abord au centre du bois, là où la forêt est la plus dense, il se retrouve rapidement désavantagé. Sa haute stature et ses bois le gênent, les bosquets de houx et les roncières le ralentissent davantage que les chiens lancés à sa poursuite, qui certes se griffent eux aussi aux épines mais s'énervent les uns les autres et affermissent leur volonté dans le concert de leurs aboiements. S'ils ont également forci l'allure, les cavaliers ne prennent pas de risques. Ils se séparent et contournent les futaies trop denses, pour rejoindre la proie au découvert d'une clairière où ils savent qu'elle va finir par aborder. Une prairie circulaire enclose au sein de la forêt ainsi qu'un sanctuaire, où la lumière rayonne plus vivement que sous les ramures, et où débouche soudain le cerf qui, d'épuisement, est rejoint par les chiens. Ceux-ci le harcèlent, le mordent. Le sang les excite, la rage les prend au spectacle de ceux de leur race que la bête blesse de coups de patte nerveux.

Les cavaliers viennent, Anatole parmi eux. Il calme sa monture, qui échange le trot pour le pas, et s'approche de la proie à cette allure lente, assurée, de celui qui sait qu'il va mettre à mort, et manifeste sa force par son calme. Pour faire que l'animal s'agenouille, l'un des veneurs (homme âgé mais habile, qui connaît parfaitement la forêt depuis plus de trente ans qu'il la parcourt, entre chasse et bûcheronnage), frappe d'un bâton l'arrière du jarret. La bête ploie, la couronne se penche jusqu'à terre. Anatole descend de cheval. Il s'avance, sort sa dague du fourreau, puis la fait pénétrer dans le cœur.

16

Un peu moins de trente ans après Marie-Émeline, sa belle-mère, c'est au tour de Marie-Louise d'être saisie de contractions dans la torpeur d'une nuit d'été, parmi des linges plissés sur un lit mal fait pour accoucher. De la même manière qu'auparavant, la parturiente est assistée d'une servante qui la réconforte, d'une sage-femme qui l'accouche, ainsi que du médecin, présent en cas de nécessité ; et de la même façon que lors de la venue au monde de son époux, il y a un moment d'incertitude pendant lequel Marie-Louise souffre au point de voir sa santé compromise par une brutale chute de tension. Le médecin intervient favorablement, faisant cette fois-ci usage de spatules plutôt que d'un forceps. Après la première tétée, et que les soins d'usage sont prodigués à Marie-Louise, Georges-Armand vient visiter l'accouchée, puis se penche sur ton berceau, où il peut constater que vous vous ressemblez.

La nuit est si avancée que c'est déjà bientôt l'aube en cette saison. Plutôt que de se coucher, il décide de sortir respirer l'air frais. Il parcourt l'allée qui jouxte le bassin rectangulaire, contourne le logis principal, marche dans le jardin à la française, passe par le portail d'accès, puis traverse la prairie. Enfin il parvient en lisière de bois, mais lorsqu'il devrait rebrousser chemin pour regagner le château il est attiré par la forêt, sa végétation plus riche et variée que le parc à la nature domestiquée. Les dernières fleurs de sureau, qui s'épanouissent aux abords de la futaie, dégagent de puissantes odeurs florales. Dans le calme de l'heure bleue, les frondaisons des arbres s'agitent doucement. Loin là-bas des chevreuils gagnent des clairières, tandis qu'au couvert du bois une vieille souche colonisée d'armillaires couleur de miel achève de pourrir.

Il le sait, quoiqu'à son orée elle paraisse en sommeil, la forêt est traversée d'une multitude de signaux, langages silencieux des espèces végétales, danses codifiées et dialogues discrets d'animaux. Pour qui prête l'oreille, le bois murmure quelque chose à demi-mot. Sous le coup de l'émotion, son cœur bat fort. Il l'entend à ses oreilles. Les pulsations accélérées tambourinent à ses tempes. À cause du souffle le rythme est un peu syncopé, et le bruit de martellement est parasité par un léger chuintement, comme d'une rivière qui bruisse.

17

L'ANNÉE qui suit ta naissance est une épreuve pour ta mère. En dépit de l'usage dans son milieu, elle insiste pour t'allaiter elle-même et s'occuper entièrement de tes soins, mais cela l'épuise. Certes, les premières semaines sont un état de grâce. Ses seins, gonflés et tendus, débordent entre deux tétées, tachant le tissu des sous-vêtements. Sous la peau blanche le réseau bleuté de ses veines est nettement visible, ses aréoles prennent une teinte grenat. Ses tétons grossis sont boursouflés comme des framboises. Mais rapidement, dès les mois d'automne, ses seins sont meurtris par tes succions répétées et son lait ne vient plus. Comme elle ne se résout pas immédiatement à te confier à une nourrice, tu pleures de plus en plus ; lorsqu'enfin une nurse prend le relais pour te donner le sein, tu refuses d'être sevrée de ta mère et tu repousses l'étrangère. En novembre, Marie-Louise cède. Elle consent à te nourrir de nouveau, mais le flux de son lait s'est presque entièrement tari. Le peu qu'elle parvient à te délivrer au goutte-à-goutte est insuffisant, et les tétées te laissent constamment affamée. C'est un engrenage qui vous affaiblit toutes deux. Tu perds du poids, Marie-Louise dort de moins en moins. Les choses se détériorent au point qu'une nuit, ivre d'épuisement, elle sort sur le perron de Baye pour s'engager dans le jardin. Elle prend par l'allée bordée d'ormes, rejoint les rives du grand étang sur lesquelles elle demeure immobile un moment, à humer l'air glacé de décembre. Enfin elle pénètre dans l'eau, mais tandis que son corps s'immerge dans l'étang elle a un sursaut. Elle remonte sur la rive avant de rentrer par l'allée, grelottante et transie.

Après cet épisode, qui n'a d'autre témoin que celle des domestiques qui s'occupe de la sécher une fois qu'elle est retournée entre les murs chauffés du château, elle cesse complètement de te nourrir. Pendant l'hiver, elle recommence à faire des statuettes d'argile. Seule, à l'écart de Georges-Armand et de toi, elle découpe dans ses blocs des morceaux qu'elle modèle afin de leur donner l'aspect d'un tronc, d'un bras ou d'une tête. Elle colle les bouts entre eux avec de la terre mélangée à de l'eau. Elle lisse les raccords jusqu'à ce qu'on ne les voie plus, puis elle donne aux corps une forme de plus en plus précise. Si ses personnages sont d'abord asexués, leurs silhouettes trop vagues pour évoquer un sexe ou même un âge, au fur et à mesure elle incline à faire des corps de femmes. Elle creuse les hanches, gonfle les poitrines, affine les cuisses. Elle se perfectionne tant que les figurines qui naissent dans ses mains semblent de véritables petits corps, mais elle a du mal avec les visages. Pour la cuisson, elle confie les argiles terminées à une des cuisinières. Après quelques ratés, celle-ci trouve la bonne formule, le juste compromis de température et de durée. Au sortir du four, les statuettes ont une magnifique couleur chaude. Tu fais tes premiers pas. Ta mère multiplie les postures de ses sujets, elle les installe sur de petits socles en bois munis de tiges de fer pour les exposer. Tu as interdiction de les toucher.

18

DURANT ta prime enfance, tu es presque entièrement privée de ta mère, accaparée qu'elle est par le modelage de petits corps d'argile, ou accablée par la fatigue des grossesses qui se succèdent et la laissent chaque fois un peu plus épuisée et désolée. Par un obscur jeu de compensation, son œuvre sculptée est plus abondante à mesure que ses suites de couches sont difficiles. Tu grandis séparée d'elle, dans les jupes des femmes de la maison : nurses, servantes et cuisinières. Puis il y a la tendresse pataude de Georges-Armand qui t'emmène en promenade dans les jardins, te montre les caches des hérissons, te fait respirer les fleurs, et t'apprend à reconnaître les empreintes d'animaux.

Quand vient la Grande Guerre, vous êtes forcés de quitter le domaine de Baye, trop exposé, pour le château de Noulette. Anatole est engagé et disparaît pour longtemps, tandis que ton père, qui commence alors à travailler pour Louis Mercier, est exempté au titre que l'industrie minière participe à l'effort de guerre. Le matériel et les figurines de ta mère sont déménagés dans sa chambre de jeune fille. Débarrassée de son mobilier, la pièce sert un temps de nouvel atelier. Sur des étagères, les statuettes les plus anciennes côtoient les plus récentes.

Si au commencement du conflit Noulette paraît plus sûr que Baye, et si Georges-Armand et Louis sont privilégiés à plus d'un titre par leur rôle prééminent dans le maintien des activités d'extraction de houille et de charbon, le hameau situé à côté du château devient au printemps 1915 un objectif pour l'armée prussienne, qui cherche à s'installer sur l'éperon de la colline de Lorette. Ainsi, le 3 mars, des soldats prennent le domaine pour cible. Dans la précipitation, vous vous enfuyez, Georges-Armand, Marie-Louise, ceux des gens de maison présents ce jour-là, tes frères et sœurs, Marie-Émeline et toi. Malgré la panique et l'empressement, tu trouves le temps de te retourner, et tu aperçois les soldats affairés derrière des obusiers. Bien que tu n'aies pas encore cinq ans, tu comprends ce qui va se passer. Tu vois déjà les bombes qui vont provoquer l'écroulement des murs, les déflagrations qui vont briser les vitres et détruire la chambre qui servait jusqu'alors d'atelier de sculpture à ta mère. Les statuettes se volatiliseront en poussière. Embrasés par les explosions, les tissus des rideaux et des tapis commenceront un incendie qui se propagera rapidement, enflammant le bois des planchers, gagnant la charpente, transformant la bâtisse entière en un gigantesque brasier. La chaleur sera telle que dans le vestibule le bronze lui-même atteindra son point de fusion. Le visage de Marie-Louise se liquéfiera pour s'amalgamer, une fois refroidi, à des morceaux de la console en marbre brisée. L'endroit ne sera jamais débarrassé. Au fil du temps, abandonné, le château se couvrira de lierre. Des arbustes grandiront dans les ruines et, contrairement à la croyance de Georges-Armand, l'expression immuable d'une petite fille saisie le jour anniversaire de ses six ans par Paul Theunissen aura été détruite, et enfouie à jamais.

19

En l'espace de quelques mois les possessions des de La Torre et des Cauvet sont presque réduites à néant, mais malgré la destruction de Noulette, le patrimoine de Louis Mercier est en partie préservé. Stratégiquement placé non loin des sites miniers, le château de Mazingarbe, notamment, demeure indemne, et toute la famille s'y replie. À l'été 1915, après qu'il s'est suffisamment familiarisé avec le fonctionnement de l'industrie minière, Georges-Armand se voit confier l'administration d'une des filiales des entreprises Mercier. Marie-Louise cesse quant à elle toute activité. Les destructions de sa collection et des murs qui l'ont vue grandir la laissent dévastée. Elle pâlit. Elle perd l'appétit. Sans que tu puisses seulement te le dire parce que tu es trop jeune, ce changement chez ta mère t'affecte profondément.

Sans compter que ce sont des mois étranges, suspendus, nimbés d'une menace dont la réalité palpable imprime aux timbres des voix des adultes qui t'entourent une inflexion de particulière inquiétude, autant qu'elle empreint leurs gestes d'une déroutante retenue. Là où tu en fais l'expérience, la guerre ne ressemble ni tout à fait à l'horreur du front, ni seulement à l'affairement de l'arrière. Pour une large part d'entre eux, les puits miniers sont à proximité immédiate des lignes de combat. Galeries et tranchées sont sœurs, et si les tréfonds des boyaux ne recèlent pas pour les mineurs un danger aussi grand que celui qui pèse sur la vie des soldats, il y a néanmoins une sorte de fraternité des hommes du fond et de ceux du front. Sans être aussi marquées que celles des combattants aux postes avancés, les figures des houilleurs dénoncent l'angoisse qui les travaille. Les impressions d'alors se fixent en toi pour longtemps : couleurs terreuses des uniformes et des paysages, visages qui trahissent la peur, atmosphère menaçante.

20

Parmi les souvenirs de cette période, celui du jour où ton grand-père vous emmène Georges-Armand et toi visiter les mines d'Anzin se détache ainsi à la manière d'un précipité de ce que tout le climat ambiant a de funeste et de pesant. Comme il avait guidé Émile Zola trente ans plus tôt, Louis Mercier vous conduit à la fosse Renard. Ce n'est pas un endroit pour une enfant, mais tu insistes pour accompagner ton père, et tu obtiens gain de cause. Conscients tous deux de l'incongruité de ta venue, mais secrètement désireux de partager avec toi l'énigme de la vie souterraine, Georges-Armand et Louis savent que le danger est partout, autant en haut qu'en bas. Puis Louis s'en souvient : à une époque pas si lointaine, les enfants étaient les premiers à descendre dans les mines.

Aux vestiaires, vous revêtez la chemise, le jupon et le béguin bleu. Dans ces habits trop grands pour toi, tu as l'air d'être costumée. Si l'ambiance autour de vous n'était pas si lourde, il pourrait te prendre l'envie de rire, mais tu t'arranges plutôt pour retrousser les manches et donner à ta mise un semblant de normalité. Coiffée ainsi que ton père du chapeau de cuir, tu ajustes la lampe que tu allumeras un peu plus tard, au début de la descente. Pendant que vous rejoignez le puits, tu es frappée par les visages noircis de charbon des hommes qui, sortis de la cage, vous croisent en sens inverse.

Vous prenez place dans la berline de descente. Le temps a passé depuis la visite de l'écrivain mais l'installation est la même, de sorte que les notes de l'auteur de *Germinal*, matière première de son récit, pourraient aussi bien se prêter à raconter ton expérience. Emportés vers le fond par une cage dans une large galerie étayée de suspentes, votre descente dure deux minutes. D'abord, quand la galerie est éclairée d'un reste de jour, vous éprouvez une sensation d'enfoncement, de fuite sous vous. Puis une fois dans le noir plus rien, si bien même qu'il vous est difficile de percevoir si la cage monte ou descend et qu'à certains instants, quand elle file droit sans toucher aux guides, tu as le sentiment qu'elle est immobile, et de te tenir suspendue à mi-chemin du centre de la terre. Enfin, à l'approche du fond, il y a de légères secousses, des heurts, puis vous atteignez la chambre souterraine d'accrochage.

Une salle humide maçonnée de briques dont le sol est dallé de fonte. Dotée d'un puisard par où s'évacue la pluie qui tombe des nappes d'eau intermédiaires, elle donne sur les galeries. Les conditions de travail ont en partie changé, et tu n'es pas précisément témoin de ce qui est dépeint dans le cycle des Rougon-Macquart, mais ce sont ces profondeurs qui inspirèrent l'auteur, et la vision qui s'offre à toi ressemble malgré tout à celle, infernale, qu'on trouve dans *Germinal*. Georges-Armand connaît le passage du livre, et puisque son esprit est lui-même familier des transfigurations, il comprend que l'endroit se soit prêté à l'évocation d'un antre éclairé de lumières rougeoyantes et peuplé de damnés.

Depuis la chambre principale, le labyrinthe des boyaux s'étend, dans lequel il faut à tout autre que toi se tenir voûté, le dos arrondi, le menton relevé pour regarder devant dans l'espace éclairé par le halo de la lampe à pétrole. Une fois parvenus au front de taille, les houilleurs creusent avec une rivelaine ou un pic à veines. Des crampes leur viennent à l'avant-bras et au poignet tandis qu'au sol les gravats s'entassent. C'est obscur. Il faut prendre sur soi jusqu'au moment de regagner l'ascenseur de fer qui permet de remonter à la surface pour rejoindre la lumière pâle des fins de journées, et retrouver le motif familier des tourelles métalliques qui se projette au sol en ombres étirées.

21

De même qu'il l'avait fait pour ta mère, ton grand-père pourvoit aux besoins de ton éducation. Au lendemain de la guerre, des professeurs de musique, de danse et de dessin se relaient pour t'enseigner le solfège, les pas, la perspective. C'est là, dès l'âge tendre, que tu acquiers puis développes le goût de peindre. D'emblée, par instinct, tu aimes presque autant la peinture que tu rejettes la sculpture. Tu penses à ce que tu peux faire et que ta mère n'a jamais pu, ni ne pourra jamais représenter, quand bien même elle parviendrait un jour au sommet de son art. Tu dresses mentalement une liste des choses impossibles à sculpter : le ciel, l'eau, la forêt, un paysage, une prairie, le brouillard, la lumière. Puis il y a les couleurs, qui sont infiniment plus variées en peinture que les teintes de l'argile. Tu obtiens de Louis du papier Canson, des toiles de différents formats, des pinceaux, ainsi que toute une palette dans un joli coffret, gouaches et aquarelles. Tu t'appliques à dessiner des motifs à la mine de plomb, avant de repasser dessus au noir, puis de remplir les blancs avec des couleurs. Tu fais des fleurs que tu trouves au jardin. Pour les animaux, tu prends comme modèles des vignettes dans l'encyclopédie ou dans un Larousse illustré.

Quoique tu chérisses ton coffret, tu préfères encore fabriquer toi-même tes couleurs. Comme tu es l'aînée, que tu es désormais assez grande et que Georges-Armand t'en laisse la liberté, tu as l'autorisation d'aller seule dans les jardins du château Mercier où tu ramasses du pollen et de l'herbe. Tu mets les fruits de tes récoltes dans un mortier pris aux cuisines. Tu les écrases avec le pilon tout en ajoutant un peu d'huile. Tu verses tes mélanges dans de petits flacons, puis tu y trempes les soies des pinceaux pour faire des essais.

Au seuil de ton adolescence, tes parents t'inscrivent à une institution pour jeunes filles où tu commences à apprendre les lettres anciennes, latin et grec. En même temps, au château, ton professeur de dessin t'enseigne la véritable technique pour faire des peintures : comment on mêle les pigments à l'essence de térébenthine, avant d'ajouter de la poudre de marbre qui permet d'épaissir la pâte et de lui donner de la brillance, puis de quelle manière on adjoint par la suite l'huile d'œillette, qui procure la texture soyeuse dont dépend la qualité de la touche. Tu fabriques ainsi des verts, des rouges, et des orangés. Tu utilises ces différents coloris pour rendre les nuances des feuillages et des pétales des fleurs que tu peins. Tu t'essayes à des paysages, et tu t'aperçois que ta palette te permet de faire un coucher ou un lever de soleil. Ça aussi, c'était dans la liste des choses impossibles à sculpter.

22

C'ÉTAIT la peste blanche. La pâleur, le manque d'appétit, cette consomption de tout son être que vous pensiez tous être consécutive au bombardement de Noulette, ce n'était pas un syndrome associé à un traumatisme de guerre, c'était la tuberculose. Tandis que tu deviens une demoiselle, l'état de santé de ta mère s'aggrave. Tout lui coûte. Sur les recommandations du docteur, elle fait des promenades au jardin ; mais ses yeux perdus de fièvre ont des profondeurs d'expression qui te tétanisent lorsque vos regards se croisent. Doucement, irrémédiablement, la maladie grandit dans ses poumons. Aux changements de saisons, elle part pour des séjours de santé dans le Sud, à Grasse. Georges-Armand l'accompagne. Tu restes seule avec tes frères et sœurs, aux bons soins des gens de la maison.

Quand il n'est pas aux côtés de Marie-Louise, Georges-Armand travaille en bonne entente avec son beau-père. De s'absorber dans des problèmes concrets, techniques, le distrait de penser aux progrès de la maladie de son épouse. Dans les années 1920, il supervise ainsi les travaux de rénovation d'un des tronçons de la ligne ferroviaire Arras-Dunkerque. Le projet sert les intérêts de Louis Mercier, qui développe et diversifie alors ses activités. Il crée la première usine du monde d'ammoniac de synthèse au complexe carbochimique de Mazingarbe, et la logistique attenante à l'usine nécessite que celle-ci soit reliée efficacement au réseau des chemins de fer. L'alliance entre les deux hommes est payante. En tant qu'aristocrate, figure locale respectée, Georges-Armand pèse sur la décision rendue par le conseil général de faire transformer l'arrêt facultatif de Mazingarbe en halte ferroviaire. Une fois les travaux votés, il réunit des terrassiers et des ouvriers afin de charrier du ballast, de poser des traverses, de déplacer puis riveter des rails. La gare est inaugurée le jour anniversaire de Marie-Louise, le 4 janvier 1926. Georges-Armand coupe un ruban avec une grande paire de ciseaux, qui sert d'habitude dans les ateliers de couture.

23

LA DERNIÈRE année, lorsque la maladie la force à des alitements prolongés, tu te tiens souvent en silence derrière la porte de la chambre de ta mère. Tu guettes ses râles, tu tressautes quand elle est prise d'une quinte de toux. Où que tu ailles, tu es toujours d'une certaine façon derrière sa porte. Lorsque tu t'en vas dans une Rolls Royce jaune et noir conduite par un chauffeur en livrée, assise à côté de ton chaperon, à l'institution pour jeunes filles où tu termines tes études, tu te tiens quand même en pensée sur le seuil de la chambre de Marie-Louise, devant sa porte close, figée, à l'écoute du moindre bruit.

De la même manière que vous n'aviez pas pu, ni su exprimer les douleurs de la première séparation, vous avez toutes les peines du monde à trouver comment vous dire au revoir. Entre vous, depuis toujours, tout avait été tu. La blessure originelle de votre séparation forcée ne s'était jamais refermée, et depuis lors tous les affects qui vous reliaient s'étaient passés de mots : l'admiration et la jalousie, l'inquiétude et la fierté, la multitude des facettes de l'amour. Aussi, tu te trompais lourdement. Occupée du sentiment d'une rivalité qui n'engageait que toi, tu peignais avec la volonté de surpasser ta mère, alors qu'elle voyait en sa fille première-née son héritière. Elle percevait mieux que toi à quel point vous vous ressembliez. Non seulement tu avais ses cheveux, ses taches de rousseur et ses yeux, mais surtout vous aviez le même caractère décidé et émotif à la fois. Cette singulière alliance de volonté et de sensibilité était la marque de son travail de sculptrice, et elle réapparaissait dans le style de tes toiles, où se répartissaient à parts égales la sensualité de touches douces et la violence de tracés emportés. Elle en était convaincue : de même que ton existence porterait haut le nom de sa maison, ton œuvre accomplirait sa vocation d'artiste contrariée.

24

DÉSEMPARÉE, impuissante, privée de mots, tu n'as à ta portée que la peinture pour témoigner à ta mère l'étendue de ton amour et la terreur que sa maladie t'inspire. Encore ta technique balbutiante ne te permet-elle de le faire que de façon maladroite, par le seul motif auquel tu sois exercée, et qui offre une image un peu convenue, dépourvue de cette singularité que tu aurais souhaitée. Pourtant, dans sa simplicité même, le tableau touche la vérité de sa fonction, et le geste qu'il accomplit est parfait à sa manière.

Il s'agit du portrait d'une fille qui te ressemble tant qu'on peut supposer que tu te prends pour modèle dans un miroir. Elle tient un gigantesque bouquet dont les fleurs sont aussi grandes qu'elle. Les boutons sont de la même taille que son visage. Les couleurs choisies et le traitement du motif sont tels que sa tête cerclée de ses cheveux pourrait presque passer pour une des fleurs, avec le disque central des pistils auréolé de sa corolle. C'est un bouquet très coloré aux espèces variées. Il y a des dahlias blancs et de grands œillets que tu peins en jaune de chrome. Le mieux réussi, ce sont les feuillages qui entourent les fleurs. Leur présence discrète, leur dessin précis, leurs délicates nuances de vert, de l'opaline au Véronèse. Pour les peindre, tu utilises les plus recherchés des pigments dont tu disposes. La terre de Vérone et le vert de Nicosie, mais également ces choses secrètes que tu gardes dans les armoires à clé de ta chambre : les macérations d'épineux et les herbes séchées puis broyées, passées entre pilon et mortier, qui donnent une couleur douce dont le ton tire vers le brun.

Les teintes colorées du bouquet contrastent fortement avec le fond sombre et la robe claire. Le visage de la jeune fille est pâle, elle porte des souliers noirs vernis. Le fond du tableau aussi est noir, comme le sol sur lequel on peine à discerner les souliers. C'est sûrement là la maladresse la plus flagrante, qui fait qu'on a l'impression que les pieds se confondent avec le sol. La jeune fille paraît aussi triste que gênée, et c'est dans cette attitude qu'elle prend place dans la chambre, auprès de Marie-Louise qui se repose.

Tu n'oses pas poser les yeux sur le visage de ta mère, de peur de voir ses joues autrefois pleines désormais dépulpées, ses lèvres fines qui ne laisseront plus passer un seul mot, et ses cheveux qui ont viré poivre et sel en deux mois. Quand tu ressors, ton visage est empreint de tristesse. Les boucles serrées de tes cheveux semblent des boutons de renoncules, d'œillets ou de roses ; tes souliers noirs se confondent avec le parquet en noyer ciré.

25

À SON DÉCÈS, ta mère est enterrée sous la chapelle castrale. Apposée près de son tombeau, une plaque en marbre porte une inscription gravée à son nom, indique son âge à sa mort, et la date de celle-ci, le 20 mars 1927. La pierre est veinée de gris, comme une écriture mystérieuse et à demi effacée, si bien que l'inscription semble portée par-dessus un texte indéchiffrable. Les mentions au sujet de Marie-Louise occupent le pan de droite de la plaque, qui est surmonté d'une couronne gravée. Le pan de gauche, destiné à Georges-Armand, est demeuré vierge.

Tes crises de somnambulisme commencent peu après la mort de ta mère. Tu n'y étais pas sujette enfant, ou alors c'était passé inaperçu ; mais dans les mois qui suivent l'enterrement celles-ci se répètent fréquemment. Peut-être est-ce une manifestation de ta peine, dont tu réprimes autrement l'expression, ou bien c'est simplement une coïncidence. Au rythme d'une fois par semaine, mais sans que cela soit précisément prévisible, tu te redresses dans ton lit, tu fixes d'un regard vide le fond de l'obscurité, puis tu te lèves. La plupart du temps, tu déambules simplement dans les couloirs avant de retourner te coucher de toi-même, mais parfois tu ouvres la fenêtre de ta chambre et tu désescalades les trois mètres qui te séparent de la pelouse, en prenant appui sur une corniche. Tu es étonnamment adroite, et l'on peut penser que s'il te fallait faire l'opération en état de veille, tu n'en serais simplement pas capable. Une fois descendue, tu longes le grand bassin et traverses le parc, jusqu'au bois dans lequel tu pénètres. Il y fait noir, même les nuits de ciel clair, et il paraît inconcevable que tu puisses t'y orienter sans perdre ton chemin ni te blesser, mais sans explication raisonnable tu sais toujours où tu es. Paradoxalement, tu es même plus clairvoyante qu'éveillée ; s'il le fallait, tu pourrais te rendre dans l'un ou l'autre des lieux remarquables de la forêt.

26

À CETTE ÉPOQUE, dans la salle à manger du château Mercier, l'atmosphère des repas est si étrange qu'on se croirait dans un manoir hanté. Tes frères et sœurs dînent lors d'un premier service. Vieillie, Marie-Émeline prend ses repas seule, dans la chambre qui la verra bientôt mourir. La chaise de Marie-Louise est vide, de même que celle de Louis Mercier qu'on a mis en terre peu après. Cernés par des absents, Georges-Armand et toi mangez en silence, cérémonieusement servis par des domestiques qui semblent des apparitions surnaturelles tant elles ont le teint pâle.

À cause de tes crises, Georges-Armand leur demande désormais de faire des rondes. Elles ne dorment que d'un œil. Leurs cycles de sommeil sont dérangés, si bien que lorsqu'elles ne sont pas de corvée, elles ont des insomnies. Des difficultés à dormir aggravées par la contrainte de demeurer éveillées pendant des heures les nuits où tu disparais. Après avoir allumé les lampes à huile et inspecté les couloirs ainsi que toutes les pièces du château, elles descendent au jardin. Elles longent le grand bassin, courent en tous sens dans les allées, puis élargissent le périmètre de leur recherche jusqu'à l'orée des bois qui bordent la propriété. Elles ne s'y aventurent jamais seules mais à deux, voire toutes ensemble, la lampe portée en avant au bout du bras tendu. Parfois elles te trouvent ; parfois dans l'intervalle, sans que personne ne sache comment, tu as regagné ta chambre, et il faut encore du temps pour que l'une d'elles retourne vérifier et te découvre assoupie dans ton lit.

Pendant le service, il arrive que d'épuisement elles manquent de s'endormir debout. Alors un voile ombrage leur pupille, leur tête se penche un peu et leurs jambes vacillent. Mais cela ne dure qu'un instant avant qu'elles ne se reprennent. Elles rajustent leur maintien, marquent la cambrure et lissent le tissu de leur robe d'un mouvement machinal de la main.

27

En fin de compte, Georges-Armand se décide à appeler pour toi le docteur, qui pose à la va-vite un diagnostic de syndrome hystérique. On connaît mal le somnambulisme, alors. L'état de conscience altéré, proche de l'hypnose, fait qu'on l'apparente à un désordre mental, et puisque l'hystérie recouvre un très large spectre et vaut pour la plupart des maladies psychiques des femmes, on te range par commodité dans cette catégorie. Comme en dépit des préventions qui valent aux opioïdes d'être inscrits depuis 1916 au registre spécial, on prescrit encore de la morphine pour toutes les pathologies de cette sorte, le docteur établit une ordonnance et explique à ta domestique comment utiliser la seringue. Mais au lieu d'améliorer les choses, la drogue dégrade ton état. Tu développes une dépendance et, loin de disparaître, tes crises s'aggravent. C'est un cercle vicieux, qui te pousse à augmenter les doses jusqu'à souffrir d'effets secondaires, somnolence, tremblements et vertiges. Les injections durent tout un hiver, au terme duquel on se résout à te sevrer. Mais tu es si bien habituée à la morphine que ton système nerveux ne supporte pas d'en être privé. Tu fais de violentes crises d'angoisse et des cauchemars.

Le matin, tu t'arraches péniblement aux images douloureuses. Ta chambre, déjà encombrée auparavant, devient un capharnaüm. Ta touche, autrefois équilibrée entre la pose appliquée des aplats et la nervosité du traitement des motifs, devient uniformément maladroite et heurtée. Lorsque tu peins, plutôt que te concentrer tu t'agites face au chevalet, dans une frénésie de gestes où ton intention se dissipe et ta volonté se perd. Inquiets pour toi, les domestiques t'observent à la dérobée par le trou de la serrure et rapportent à Georges-Armand ce que tu fais, avec des mimiques pour reproduire tes gestes.

28

On trouve le témoignage de tes états d'âme d'alors, ainsi que de la façon dont tu finis par les surmonter, dans le diptyque de *L'Arbre rouge* qui termine cette première époque de ton œuvre. Dans cet ensemble, la manifestation de ta tristesse au travers de motifs sombres culmine, en même temps que l'expression de ta fougue est inaugurée. Il s'agit d'une composition verticale, contrairement à l'usage qui veut qu'on juxtapose plutôt les tableaux côte à côte. La première toile, celle du dessous, est constituée d'un fond d'ocres et de bruns. Elle figure les profondeurs du sol par des tons sombres. Ta mélancolie est là, dans un mélange de gris de Payne et de terre d'ombre brûlée, où certaines des impressions de l'enfance se mêlent à la noirceur qui t'habite depuis la disparition de Marie-Louise. Il y a différentes strates plus ou moins foncées, des mates alternant avec d'autres brillantes. Un tronc prend naissance au centre d'un lacis de racines. Puissant et large, il se dresse depuis le fond jusqu'aux couches d'ocre voisines de la surface, puis se continue sur une seconde toile. S'élevant, il prend des teintes chaudes, rousses et cuivrées. Les reliefs de l'écorce sont rendus par des encoches légères dans la peinture. Le feuillage est vert tendre ; la teinte complémente celle du ciel rosé.

Le contraste est saisissant entre les deux panneaux, au point que si la touche n'était pas reconnaissable, ni les toiles exposées l'un au-dessus de l'autre, on pourrait les croire de deux peintres différents.

29

À L'HIVER 1929, quoique ton état de santé soit encore mal consolidé, tu pars pour Rome faire les Beaux-Arts. C'est un long voyage, depuis la halte ferroviaire de Mazingarbe. Tes malles sont emplies de robes de couturiers. Dans des boîtes rondes, tu emportes des chapeaux cloche aux teintes assorties. Tu prends également des feuilles de papier Canson, des sanguines et des fusains, pour pouvoir croquer le paysage à travers la fenêtre du train, mais tu ne t'encombres pas autrement, puisqu'à Rome tu pourras acheter tout le reste du matériel de peinture. Bien entendu, tu ne pars pas seule : ton chaperon t'accompagne.

À cette époque, le maillage du réseau des chemins de fer est très dense en France, moins en Italie. Tu passes par la gare d'Arras, dont le bâtiment Voyageurs demeure à l'état de ruine depuis les bombardements de 1915. Ensuite tu gagnes Paris, par Amiens et Creil. De là, tu prends un train pour Lyon. Tu fais halte à Laroche-Migennes, où il faut recharger en charbon, puis successivement à Dijon et Châlons-sur-Marne. Tu n'arrives pas à dessiner. Soit à cause des cahots, de la fatigue ou de l'excitation du voyage, soit à cause du paysage qui se révèle morne et sans intérêt à tes yeux, tu laisses les sanguines et les fusains dans leurs étuis et tu regardes le lent défilement des pâtures et des champs. Le panache de vapeur de la locomotive accompagne le train à la manière d'un nuage qui s'étire infiniment. À partir de Lyon, bien que le panorama soit plus pittoresque, tu ne parviens pas davantage à faire des croquis. Encaissé dans des vallées, traversant viaducs et tunnels, le chemin de fer tire jusqu'à Modane. Puis ce sont Turin, Alessandria, Gênes, Livourne, Sienne, Civitavecchia où tu vois pour la première fois la mer avant d'entrer enfin dans Rome, où tu te fais conduire Via Margutta. S'y trouve l'appartement que Georges-Armand a loué pour toi, et dans les combles de l'immeuble la chambre réservée pour ton chaperon.

30

SITUÉE Via di Ripetta, l'Académie des beaux-arts de Rome n'est qu'à deux pas. Quoique l'école ne soit plus placée sous l'autorité du pape depuis 1870, l'essentiel de l'enseignement qui t'est dispensé consiste en l'observation et la réplique de peintures religieuses : des descentes de croix, des cènes chargées de symboles ésotériques, des saint Matthieu à l'écritoire et des saint Michel aux prises avec des monstres. Outre la peinture, la statuaire fait aussi partie intégrante de ta formation. Vous visitez des églises, et vous observez des reliefs qui représentent des scènes bibliques. Certaines d'entre elles, notamment celles qui représentent le Christ, tirent leur beauté de motifs morbides, plaies et corps amaigris.

Mais si par un biais lié à ton état moral la fréquentation des telles œuvres te touche de manière spécifique, l'Académie t'est également l'occasion de passions différentes. L'École libre du nu est intégrée aux Beaux-Arts, si bien qu'au détour des couloirs que tu arpentes, ton œil croise puis s'attarde sur des hommes jeunes et nus qui prennent la pose. Tu découvres qu'étrangement l'émoi sensuel peut s'éveiller en toi malgré le sentiment d'abattement qui te demeure. Observés à la dérobée, ces premiers corps virils qu'il t'est donné de voir t'apparaissent sous forme de fragments, d'éclats. Tu ne peux jamais les saisir en entier, jambes, torse et visage, seulement là le dessin d'un bras, là le galbe d'une cuisse ou l'arc que forment les côtes sur la poitrine. De ces fractions entrevues que tu gardes en mémoire et te restitues mentalement le soir venu, tu fais la source de visions complètes, où se déploient sur le modèle des peintures de la Renaissance des silhouettes d'hommes athlétiques nimbées de lumière dans des cieux d'un bleu irréel. Ces chimères te contentent et te frustrent en même temps : elles satisfont dans une certaine mesure ton goût pour les images, mais elles exacerbent ton désir de toucher. Ainsi, pour la première fois depuis que dans l'enfance tu avais massivement rejeté la statuaire, tu comprends ce qu'elle a de plus que la peinture : la possibilité d'une incarnation qui fait qu'elle s'offre non seulement à l'œil, mais aussi à la main. Par ce détour inattendu, tu te réconcilies avec l'art de ta mère. Tu comprends enfin le désir qui l'animait lorsqu'elle modelait de petits corps d'argile, tandis que des corps de chair et d'os naissaient d'elle puis lui échappaient sans possibilité de retour. Tu lui envies ce pouvoir qu'elle avait, cette magie de tenir entre ses mains des formes bien concrètes qu'on peut éprouver tactilement, avec la pulpe des doigts.

Cette découverte ne t'éloigne pas pour autant de la pratique de la peinture. Elle la nourrit au contraire et s'y dépose comme un ferment, préfigurant ton attrait pour les empâtements. Plus tard, dans les développements de ta technique, tu useras de ceux-ci qui lient à l'art de peintre celui de sculpter, puisque la couleur s'y travaille en volume, dans l'épaisseur de la matière.

31

En dehors de cette compréhension neuve de la statuaire, la révélation la plus importante pour toi pendant ces premières semaines à l'Académie, ce sont les vernis. Non pas les vernis apposés en finition, mais la standolie, l'huile de lin cuite. Mélangée aux pigments, elle compose une sorte de vernis à peindre qui donne aux couleurs une onctuosité et une fluidité spécifiques, de sorte qu'il est possible de travailler en couches successives de glacis lumineux. Jusque-là tu en ignorais la formule, parce que ton professeur à Mazingarbe ne la savait pas, qu'il ne t'était pas venu à l'idée de chauffer l'huile, et que le magasin auquel Louis passait commande n'en avait pas à son catalogue. Désormais qu'elle est à ta portée, tu comprends immédiatement que c'est cette huile cuite qui manquait à tes premiers paysages, quand tu regardais par la fenêtre, désœuvrée, la réalité du monde si incroyablement profonde comparativement à tes toiles. En peu de temps, tu apprends tout ce que la standolie permet d'effets :

le clair-obscur, la sensualité des modelés, ainsi que le *sfumato* qui donne aux visages un contour vaporeux. Tu t'exerces beaucoup aux Beaux-Arts, et aussi dans ton appartement, dans lequel tu ramènes tes croquis de l'Académie et des fioles du précieux liquide achetées avec tes couleurs chez Poggi.

32

Quoique les cours ne soient pas mixtes et que les interdictions soient nombreuses, il arrive que tu croises certains des étudiants et des modèles de l'Académie ; et comme ton emploi du temps est tel que ce sont toujours les mêmes, il se trouve qu'avec l'un d'eux tu échanges des regards furtifs, puis de plus appuyés, et enfin par un billet discrètement passé de main en main le lieu et l'endroit d'un rendez-vous, quand ton chaperon est occupé à découvrir les bons côtés d'être à Rome, loin du domaine des maîtres, et d'avoir pour soi une chambre en soupente.

Vous vous fréquentez, d'abord à l'extérieur puis chez toi. Vous montez les marches étroites de l'escalier du 24, Via Margutta pour gagner le deuxième étage du petit immeuble où tu loges. Tu le précèdes dans l'appartement exigu encombré de toiles retournées et de croquis enroulés. Selon les jours, tu l'installes dans l'une ou l'autre des postures académiques, debout ou à demi allongé. Si les choses s'établissent ainsi, et que votre relation se noue étrangement dans de longues séances de pose presque silencieuses, c'est parce que tu ne sais pas comment faire autrement. Il t'intimide, comme t'intimident les pensées et les désirs que tu sens poindre en toi, et pour avoir été éduquée aux usages du champ social, tu es si novice des conventions des relations privées que tu ne sais simplement pas quoi dire, ni quoi faire d'autre que reproduire le cadre instauré aux Beaux-Arts. Lui saurait davantage, mais il préfère te laisser la main, sachant d'expérience que c'est là la plus sûre manière de t'attacher à lui ; puis cette bizarrerie n'est pas pour lui déplaire, et d'être nu en proie à ton regard le contente dans ces premiers moments.

Tu fais de lui des portraits au fusain sous tous les angles, face, trois quarts et profil. Tu le détailles : pied, main, genou, dos. Autant d'études, de travaux préparatoires qui préludent à un grand format à l'huile que tu réalises en décalquant sur la toile tes esquisses, puis en repassant à la terre de Sienne diluée à la térébenthine. Le motif encré, tu peins sur la première couche maigre avec tes couleurs à l'huile. Le tableau témoigne de ton esthétique, reconnaissable à cet indéfectible clivage hérité de ta mère entre un attrait pour le traitement sensuel des corps dont atteste l'usage que tu fais des tons chauds, et un goût plus âpre qui fait qu'à la manière des peintres fauves tu bordes ton dessin de touches vermillon et carmin.

33

De la même façon qu'il s'était manifesté dès tes jeunes années par une liberté et un emportement d'autant plus singuliers pour ton milieu que ces traits de tempérament étaient regardés comme des tares, ton caractère entier s'illustre au cours de ton séjour romain par la façon dont tu abordes à l'amour. Affranchie des préventions de ta caste, tu t'abandonnes encore mieux aux mouvements de cette passion naissante qu'elle forme l'envers du monde d'où tu viens. Non seulement la liberté de mœurs dans le milieu des arts contraste avec le carcan des mariages arrangés qui sont la norme dans les cercles étroits d'une aristocratie sur le déclin, mais les couleurs de l'Italie, tant celles des tableaux que des rues, font à ton Nord d'une palette étrécie aux tons ternes un contrepoint qui exalte en toi des sentiments neufs.

Au commencement, vos amours sont clandestines. Lorsque vous vous croisez à l'Académie, vous feignez la distance. Seuls quelques camarades choisis sont dans le secret, qui ménagent pour vous des tête-à-tête furtifs. Vos rendez-vous sont convenus aux heures tardives, vous vous dites au revoir à ta porte palière dans des chuchotis. Mais ces précautions n'illusionnent que vous. Ton chaperon devine vite, et le bruit court chez tes condisciples que tu as une aventure. C'est d'autant plus évident aux yeux de tous qu'à leur image tu adoptes soudainement la coupe garçonne, et que ton vestiaire s'étoffe en un rien de temps de ces vêtements en vogue qui accompagnent de leur modernité un désir palpable d'émancipation féminine, robes prêt-à-porter et pantalons. Bientôt, tu te découvres enceinte et, fait remarquable pour une femme de cette époque, ainsi que l'obtention un an plus tôt de ton baccalauréat, tu le demandes en mariage.

34

Malgré ton enthousiasme et les heureuses promesses de cette saison italienne, la réponse à ta demande en mariage reste en suspens. Illusionnée par la ferveur de ton emportement, tu n'as pas pris la mesure de ce qui vous sépare. Si vous n'étiez empêchés que par une frontière et des différences de milieu, ta bravade pourrait être bien inspirée. Tu te fais fort de faire accepter ton choix à ton père. Tu ne doutes pas que les siens soient honorés de le savoir demandé par une vicomtesse française. Mais c'est un déséquilibre d'une autre sorte qui fait qu'il réserve sa réponse. Bien qu'il soit sincèrement épris, quelque chose dans ta personnalité lui demeure hors de portée. Non seulement celle-ci est éloignée de son tempérament, mais il y a en toi un territoire qui lui est entièrement inaccessible, un espace nébuleux inconciliable avec ton titre, tes manières et ta beauté. Il accède certes à demi à la compréhension de la mélancolie qui t'affecte au décours d'un deuil prolongé, mais tout lui est étranger dans l'intériorité que reflète ton art. Sans qu'il ose t'en faire part, il n'aime pas son grand portrait à l'huile. Pour le traitement de sa carnation, ta méthode relativement classique ne lui pose pas de problème, mais il est gêné par les teintes criardes qui rehaussent les contours. Une audace excessive, témoin à ses yeux d'un désordre intime. Si à la faveur des instants nuitamment partagés il fait taire l'inquiétude qu'il sent naître au spectacle du tableau, et qu'il se réjouit au jour de te voir adopter des tenues simples dans lesquelles tu ressembles à tes camarades, il sait d'instinct que ces accords fugaces et ces signes visibles sont un vernis qui ne dissimule qu'imparfaitement des mouvements souterrains qui ont déjà commencé à vous éloigner l'un de l'autre.

Tu le saurais aussi si tu ne prenais pas ta passion pour un remède, mais comme dans cette première idylle confluent miraculeusement pour toi la découverte de sentiments singuliers, l'éveil des plaisirs du corps, et rien moins que la résurrection de ton désir de vivre, tu prends cette joie insoupçonnée pour une raison d'être, et la nommant du mot d'amour tu te trompes aussi un peu toi-même.

35

À L'AUTOMNE 1929, après que ta demande en mariage s'est vue repoussée, ton chaperon et toi vous faites conduire à la gare de Rome Termini. Sur le quai, puis tout le temps du retour, tes pensées se bousculent. Le paysage changeant module tes états d'âme, et la géographie du trajet infléchit tes réflexions intérieures. À Civitavecchia, la mer est une grande surface vibrante de soleil aux reflets argentés. Elle ravive le sentiment de joie solaire qui s'était éveillé en toi au contact de la ville. Tu te repasses les rues, les églises, les musées : partout cette même lumière qui donne aux couleurs un surcroît d'intensité. À l'aller, tu ne savais pas véritablement ce qui t'attendait. Tu ne demandais pas plus que de partir, de t'éloigner, et sans que cela puisse s'appeler de l'enthousiasme, tu éprouvais une certaine curiosité ; mais maintenant qu'il te faut rentrer, quoique tu te félicites de mettre de la distance entre toi et ton premier amour, il t'est douloureux de quitter un zénith pour rejoindre des plaines embrouillardées dont tu sais qu'elles ne tarderont pas à bruire de mille médisances. De rentrer ainsi précipitamment, seule et enceinte, même si pour toi tu t'honores de tes élans, tu sais que le mot *déshonorée* sera bientôt sur les lèvres. De Turin à Lyon en passant par Modane, le trajet est tourmenté de pentes fortes et de virages serrés. Les ahans de la locomotive et les cahots du train redoublent l'inquiétude qui te saisit de te représenter par anticipation le quai de Mazingarbe, ses signaux lumineux émergés de la brume, son terminus bordé de terrils de charbon.

À partir de Lyon, c'est monotone. Tu passes Châlons-sur-Marne, puis Dijon. À Laroche-Migennes, les cheminots rechargent le tender. Puis tu gagnes Paris où tu fais halte un jour et une nuit, le temps de marcher dans les grandes galeries du Louvre et d'aller voir au Père-Lachaise, pour ton chaperon qui te le réclame, la tombe de Victor Noir. Après quoi c'est le retour à Mazingarbe, par Creil puis Amiens, et par la gare d'Arras dont le bâtiment Voyageurs en chantier fait depuis peu l'objet de travaux de rénovation.

36

POURTANT, tes conjectures sur ton retour sont erronées, et le Nord ne t'est qu'une brève parenthèse. Revenue au château Mercier, sous l'impulsion de ton père tout se précipite. Pas plus tôt arrivée, te voilà déjà repartie pour le carmel de Draguignan, où tu entres afin de cacher aux yeux du monde ta grossesse. Entre les arches du cloître et les peintures qui ornent la chapelle, tu retrouves, quoique avec moins de flamboyance, les motifs et la lumière de Rome. Mais quand tout là-bas était doué d'une vitalité qui accaparait tes sens, ce sont désormais des mois de silence pendant lesquels ton attention est tournée au-dedans, et où tu rumines des pensées de détestation pour Georges-Armand.

C'est que pendant cette année insensée qui te voit éprouver successivement les joies et les déboires de l'amour, puis l'isolement d'une claustration forcée, ton père échange sa bienveillance envers toi pour ce qu'il pense être son rôle nécessaire, et qu'à rebours des libertés qu'il te laissait enfant, il se fait la force agissante d'un esprit de morale qu'il croit en son devoir de perpétuer. Ainsi, ton retour d'Italie avait été précipité par ton désarroi sentimental, mais ce n'était pas pour autant ta décision. Pour complices que vous soyez, ton chaperon avait fait son devoir, rapportant à Georges-Armand tes frasques et l'informant de ta condition, et c'est lui qui avait commandé que tu reviennes au plus vite. Tu t'étais rendue à son injonction, le chagrin avait fait fléchir tes velléités d'exil et d'indépendance, mais ce n'était pas sans amertume que tu avais regagné Mazingarbe. Quant au carmel, si tu n'étais pas naïve au point d'ignorer que ta grossesse t'exposait à l'éventualité d'un tel séjour, et si l'isolement contentait quelque part le besoin aigu de solitude qui était le tien pendant ces mois-ci, tu en voulais néanmoins à ton père d'avoir ainsi opté pour le choix le plus radical, et ce d'autant plus qu'il t'avait informée par avance de l'issue des choses, et qu'à sa naissance ta fille serait donnée pour l'enfant d'une domestique, puis élevée loin de toi.

Aînée de ta fratrie, future héritière du titre de noblesse qu'il avait difficilement hérité, Georges-Armand souhaitait à tout prix éviter que ta maternité scandaleuse puisse un jour être rendue publique. Puis sa décision s'accordait d'une certaine manière à des usages hérités de longtemps, puisque comme tu l'avais expérimenté toi-même au commencement de ta vie, les mœurs aristocratiques sont telles que les enfants sont élevés loin de leurs parents, arrachés dès les premiers jours qui suivent la naissance à l'intimité du corps maternel pour être confiés à des nourrices et grandir dans des cercles distants. Cependant, précisément parce que tu l'avais éprouvée à l'âge où tu n'étais encore qu'un nourrisson, cette séparation qui s'annonçait faisait naître en toi une immense colère.

37

À L'HIVER 1930, tu es de retour au domaine, seule, et les choses ont été si bien arrangées en ton absence que des fiançailles avec un aristocrate de haute lignée sont d'ores et déjà programmées. Tu es prise de court, et bientôt l'événement est célébré dans un hôtel particulier parisien. La splendeur du lieu n'a d'égal que la somptuosité de la réception, décoration soignée et nourritures raffinée. Cependant, le peu de joie que tu manifestes quand tu reçois en cadeau une émeraude pourtant magnifique, et la morgue que tu affiches de plus en plus visiblement au cours de la soirée sont de nature à décourager n'importe quel prétendant. Bientôt un murmure de réprobation s'élève, venu de là où est attablée la famille du fiancé. Au sein d'une assemblée presque unanimement hostile, tu n'as pour soutien qu'Anatole, venu pour l'occasion d'Angleterre où il s'est exilé. Marié là-bas, perpétuant sur des landes désolées son goût ancien des chasses, une aura d'assurance et de pouvoir émane de lui, et il a cette aisance que donne la vie d'expatrié à qui revient sur ses terres natales. Après le repas vous avez, lui et toi, une discussion en aparté.

Finalement, au moins autant par rancune envers ton père que du fait d'un véritable désintérêt pour ton fiancé, tu romps tes fiançailles. La rupture fait grand bruit. Une rumeur qui sonne aux oreilles de Georges-Armand ainsi qu'un opprobre public, un déshonneur. À la peine du veuvage s'ajoute dès lors un sentiment d'humiliation.

38

Comme le malheur a des nuances et des profondeurs infinies, ces deux douleurs se cumulent avec celle plus grande encore, quoiqu'inavouée, de savoir irrémédiable le fossé creusé entre vous. La peine est mauvaise conseillère : dans le désordre de ses sentiments, ton père s'imagine qu'il lui faut plus que tout te soumettre à sa volonté. Tu n'as pas le temps de savourer ta liberté, ni de convenir avec la famille de ton fiancé passager du sort de l'émeraude, que Georges-Armand scelle ainsi pour toi un nouvel engagement, dont cette fois-ci tu ne parviens pas à te défaire. Ce renoncement soudain à ton indépendance, quelques semaines seulement après que tu as fait montre d'une force de caractère extraordinaire pour te désengager de tes fiançailles, ne se comprend que comme le symptôme de ton épuisement moral : Delelys est sans charme, sans noblesse, sans beauté non plus, et n'a pour lui qu'une petite fortune de propriétaire d'usines de chaussures. Seulement l'année passée les mouvements de tes passions furent si brusques, les batailles si rudes, et tes forces sont à ce point consumées, que tu renonces à te dresser une fois encore contre ton père, qui lui-même obéit aux instincts qui l'affligent et se conforme à la tradition qui veut qu'il choisisse pour toi ton mari. Dans cette conformation du reste, sa volonté touche à des extrémités ridicules, et même dangereuses. Ce mariage désaccordé ne contente véritablement personne, et ton déménagement pour Erquelinnes, une petite commune située à la frontière belge, laisse après toi un grand vide.

39

On ne sait comment, ton époux apprend pour ta fille. Son existence lui paraît une trahison, une infidélité presque, puis il enrage pour l'émeraude dont la présence lui rappelle constamment *l'autre*. Tu en es provisoirement dépositaire, mais sa valeur est trop grande pour qu'elle demeure ta propriété au titre d'un lien fugace. Pierre magnifique, d'un poids exceptionnel de 278 carats, le joyau est taillé dans un brut rarissime par sa dimension et son éclat. Extrait de la mine de Muzo en août 1928, négocié pour l'import et acheminé par Van Cleef avant d'être confié à un lapidaire virtuose de Saint-Claude, il comporte de petites inclusions. Dans la chambre d'Erquelinnes, lorsqu'il arrive que tu ouvres son écrin pour la contempler, la pierre rayonne d'un éclat surnaturel et projette aux murs des reflets phosphorescents.

Elle inspire à ton mari des sentiments partagés. Il souhaiterait la voir disparaître, en même temps qu'il rêverait de s'en rendre possesseur. Fasciné et irrité, médusé par son pouvoir d'attraction et convaincu qu'elle agit sur toi de manière néfaste, il voudrait qu'elle soit sienne, ou qu'elle soit rendue. Ajouté à ton indifférence envers lui, cet entre-deux qui ne termine pas ton engagement précédent exacerbe son naturel colérique.

On rapporte que là-bas il te violente. Personne ne sait exactement ce que le mot désigne, et tait en même temps, de la vérité inavouable de ces jours livrés au huis clos conjugal dans un temps où la loi joue entièrement contre toi ; et s'il faudrait pour te rendre justice pouvoir établir le compte précis des coups et des blessures, restituer les mots que vous échangez, faire le procès-verbal de ce qu'on devine être des injures et le rapport de médecine légale de ce qui ne peut se comprendre autrement que comme des viols conjugaux, rien ne peut désormais arracher ces moments à l'oubli dans lequel ils sont tombés.

40

PRISONNIÈRE entre les quatre murs d'une maisonnette de Barbe-Bleue, tu es entravée au point de ne pouvoir sortir accompagnée. Les fenêtres sont cadenassées au prétexte que tes crises de somnambulisme pourraient récidiver, et tu n'as dès lors pas d'autre échappatoire que celui de ta vie onirique, où affleurent des réminiscences de tes études classiques.

Tu es à l'orée d'un bois, dans les environs du village. Tu reconnais le paysage, pour l'avoir vu en arrivant le premier jour. Tu portes ton déshabillé de nuit, et tu te sens exagérément fragile, exposée dans ce vêtement trop léger. Tu marches, tes cheveux négligemment coiffés flottent sur ta nuque. Ton mari te talonne. Tu es gênée par le regard qu'il pose sur toi, comme si tu sentais un poids te peser là où il regarde, entre les omoplates. Tu éprouves le désir de t'enfuir, mais il est sur tes pas, et tu te sens fatiguée, lasse. Pourtant, comme il se rapproche, tu accélères l'allure. Tu forces jusqu'à commencer à courir, et tu pénètres au couvert du bois. Tandis que tu cours, il court après toi. Alors que tu n'es jamais venue, tu connais comme par miracle tous les sentiers. Tu es rapide et agile, mais tu n'es pas habillée pour une course dans la forêt, et les ronces griffent tes jambes. Les endroits où tu passes sont difficiles, tu manques plusieurs fois de tomber. Lancé à ta poursuite, ton mari t'exhorte de ralentir. Tu ne comprends pas distinctement ce qu'il te dit ; pourtant tu sais qu'il te supplie de t'arrêter, et te représente la multitude des dangers qui vous environnent. Sans l'écouter, tu continues ta course, mais malgré tous tes efforts il parvient à te rattraper. Au moment où il se porte à ta hauteur, tu sens tes forces t'abandonner. Tu es comme figée, tétanisée par la peur. Une lourde torpeur envahit tes membres. Bientôt, tes pieds nus s'enlisent dans la terre, puis s'y engloutissent pour y disparaître. Tes veines se convertissent en vaisseaux, ton sang en sève. Tes jambes, puis tes hanches, ton ventre, et ta poitrine s'entourent d'une enveloppe d'écorce. L'expression de ton visage se fige pour former un nœud dans le bois, à l'extrémité haute du tronc, là où il se ramifie en une cime d'arbre. Enfin, ton mari s'approche pour t'enserrer de ses bras et te couvrir de baisers. Ton cœur bat sous l'écorce, mais ses baisers ne t'atteignent pas.

41

Le rêve est beau et triste. Il s'achève sur une victoire en demi-teinte, puisque tu échappes pour partie aux velléités de ton mari mais que tu paies ta fuite d'une métamorphose qui te pétrifie. Les papiers sont perdus, ou leur accès devenu difficile, néanmoins il a bien dû y avoir des documents établis pour que tu obtiennes le divorce. Si l'on considère les circonstances et l'époque, ta résidence sous juridiction belge et les pleins pouvoirs délégués à ton époux, on doit se résoudre à imaginer que les phrases portées dans les pièces présentées par ta défense au tribunal de Bruxelles traduisent une douleur extrême.

Pour en arriver là, et parvenir devant un juge avec un avocat à ton côté, il a fallu un revers du destin. Seule, à demi emprisonnée, tu as un allié de taille que tu méconnais. Depuis les lointains où il s'est évanoui pour ne réapparaître qu'épisodiquement, Anatole informé de ta situation verse à la famille de ton fiancé éphémère la valeur en argent de l'émeraude. Ce rachat te rend propriétaire de plein droit du bijou, ce qui te libère aussitôt de la tutelle financière de ton mari et te donne la ressource d'engager une procédure. Bien sûr, tout ne se règle pas en un claquement de doigts, et il faut qu'à cet heureux coup du sort s'adjoigne ta pugnacité, ainsi que ta détermination à faire valoir tes droits. Mais le geste de ton oncle impulse le mouvement, et affermit ton courage ; puis, surtout, il te donne le sentiment de n'être pas désespérément abandonnée, livrée à l'injustice d'un mariage inique.

42

L'INTRUSION de son frère dans ta vie privée porte à Georges-Armand le coup de grâce. Non seulement elle termine votre combat en ta faveur, mais encore elle ravive la jalousie viscérale de l'enfance à laquelle son mariage avec Marie-Louise l'avait arraché, et achève ainsi de le livrer à l'affliction. À cette sorte de continuation de la lutte fraternelle originelle, par laquelle rachetant la liberté de la fille il se venge de n'avoir pas été choisi par la mère, Anatole ajoute de surcroît cette même année le triomphe de sa situation nobiliaire. Il fait établir un acte de notoriété reconnaissant son titre de marquis, auquel il adosse ses armoiries : un *écartelé* encadré de deux lions d'or et surmonté d'un cimier, où sur des fonds azur, or, et argent des motifs géométriques côtoient des animaux chimériques ou réels, buitronnes, dragons, loups et lions. Tout cet attirail aux relents de geste médiévale consigné en vocabulaire savant d'héraldiste est déjà pour l'époque d'un anachronisme achevé, mais malgré, ou peut-être à cause de son caractère fantasque, le blason qu'il s'adjoint termine d'opérer dans l'imaginaire familial la transfiguration d'Anatole en un héros chevaleresque, comme celui-ci l'avait toujours voulu.

43

Au lendemain du procès que tu remportes, libre de tout engagement et riche d'une fortune qui t'appartient en propre, tu prends deux décisions d'importance : tu revendiques la maternité de ta fille, et tu décides de partir pour le Sud. Afin de t'accompagner, tu sollicites trois des demoiselles de compagnie de Mazingarbe auxquelles tu es particulièrement liée. Elles te suivent avec l'enfant revenue en ton giron. Aux antipodes de ce Nord dans lequel tu as grandi parmi des paysages de ciels gris sur des plaines monotones, tu achètes à Cannes la Villa Paradis, que tu choisis pour la beauté de ses extérieurs. Construite en 1868 dans un style néoclassique, la Villa est cerclée d'un jardin composé d'une riche végétation de lauriers-roses, de phénix, de chamérops et de cycas. À mi-chemin du portail de fer forgé et de la porte d'entrée, il y a une fontaine en fonte ornée d'un putto assis dans une coquille, posée sur la tête d'un dauphin.

44

EN CE MOIS de juin 1930 qui vous voit vous installer sur la Côte, la camaraderie de tes demoiselles de compagnie t'est d'un grand réconfort. Sans pouvoir, bienséance oblige, t'épancher auprès d'elles de tous les affects par lesquels il t'a fallu en passer les mois précédents, ni parvenir à leur raconter les difficultés dans lesquelles la vie maritale t'a plongée, tu peux cependant leur faire sentir un peu les choses, et consolider, par des confessions faites à demi-mot, cette estime de toi que la violence des événements subis avait entamée, malgré tout ton courage et toute ta détermination. Occupées ensembles de choses futiles, achats de mobilier pour la maison et de mode pour la saison, tu tisses avec celles-ci des relations plus étroites que celles qui lient d'ordinaire des maîtresses à leurs servantes.

Il faut dire qu'elles avaient tout vu, depuis tes effrayantes escapades nocturnes, à la beauté éclatante de *L'Arbre rouge* qui s'était matérialisée pour ainsi dire sous leurs yeux. Après t'avoir veillée pendant des mois, et avoir sacrifié leur repos pour le soin de toi, elles t'avaient vue triomphant des noirceurs de tes nuits en éclaircissant tout à coup ta palette. Au plus fort de ta mélancolie, tu avais fermé l'accès de ta chambre-atelier, avant d'enfin finir par rouvrir ta porte. Un jour, tu les avais invitées à voir le diptyque. Elles avaient constaté le miracle : la rupture d'une toile à l'autre, le passage, dans l'interstice entre les deux tableaux, des couleurs ternes aux teintes chaudes. Un rien séparait l'ocre du roux, mais les deux nuances départageaient deux espaces qui touchaient pour l'un à la terreur, et pour l'autre à la joie. Il n'y avait qu'une différence imperceptible, mais elle séparait l'attirance pour la mort du goût pour la vie, et tu avais su renverser l'une en l'autre. Par ce prodige presque invisible mais évident en même temps, tout avait été pardonné, et le souvenir même des récriminations qu'elles se faisaient à ton endroit depuis plusieurs semaines s'était volatilisé, échangé pour des sentiments d'estime.

Désormais, à Cannes, même si tu n'es pas encore remise des récentes douleurs de ta vie maritale, elles t'encouragent à reprendre les pinceaux, et quand bien même les toiles que tu peins alors sont de mauvaise facture, elles te soutiennent de leur confiance, convaincues que tu es capable d'accomplir une seconde fois ce qu'elles t'ont déjà vue faire.

45

Si tu peines quelque temps à retrouver ta touche, c'est qu'en dehors de l'énergie que t'a coûtée ta lutte pour ton indépendance, autre chose contribue à dissiper tes forces. Ta fille te veut et ne te veut pas. Elle te réclame et te rejette, pleure pour t'avoir et pour que tu t'en ailles. Sans naïveté excessive, consciente qu'il faudrait apprendre à renouer des liens abruptement rompus dès l'origine, tu t'étais toutefois représenté que les choses seraient plus faciles. Sevrée de sa mère adoptive donnée à sa naissance pour sa mère de sang, l'enfant est désorientée. Tu es une inconnue, mais elle sent qu'elle est obscurément liée à toi. Ton odeur, tes gestes, le timbre et les inflexions de ta voix lui font connaître qu'elle est la chair de ta chair, tandis qu'elle sait commettre une infidélité envers celle qui l'a nourrie et dont la présence s'est évanouie en même temps que tout ce qui composait le monde étroit qui était le sien. À cela s'ajoute qu'aux moments de doute ou d'abattement tu la confies épisodiquement aux soins de tes demoiselles de compagnie, qui alternativement louent ta fille de ses progrès et la tancent de se discipliner, et composent dans la psyché de l'enfant une merveilleuse chimère à trois visages.

Dans la confusion de sentiments informulés et contraires (parmi lesquels d'autres plus profondément enfouis encore, tels ceux qui te lient à ta mère et que l'expérience de la maternité ressuscite inconsciemment en toi), l'amour filial creuse cependant son sillon, et peu à peu chacune d'entre vous trouve ses marques dans la société minuscule de la Villa. Gynécée précaire et insolite, la vaste maison ne ressemble à aucune autre. Avec ses sculptures majestueuses de part et d'autre de la porte d'entrée, et ses chambres en enfilade où dorment trois jeunes filles si proches par leur âge et leur fonction qu'elles se fondent en une présence unique au visage sans cesse changeant, on ne saurait dire si ce qui est sur le point de s'y produire va verser dans les noirceurs des récits fantastiques ou dans les enchantements des fantaisies enfantines.

46

LIEU DE PROMENADE en bord de mer, où la bonne société cannoise se mêle à une foule hétéroclite de touristes venus en villégiature, la Croisette est à deux pas de la Villa. Afin de vous désennuyer un peu de la langueur des interminables après-midis d'été, vous prenez l'habitude de vous y promener toutes les quatre, toilettes soignées et ombrelles. Pour innocente qu'elle soit en apparence, cette sortie rituelle vous donne l'occasion de voir et d'être vues, et sans se prêter ostensiblement à des rencontres, elle ouvre à l'imaginaire un champ des possibles. Parmi tous les promeneurs, les militaires en permission ont vos faveurs. De retour d'Afrique du Nord après avoir combattu lors de la guerre du Rif, René-Frantz accompagne ceux de ses camarades de caserne qui ainsi que lui sont relevés du service pour l'été.

Comme il arrive, vous échangez un regard dont l'intensité exprime en un moment subreptice ce que la convention empêche, qui interdit tacitement que vous vous adressiez la parole. Mais il n'est pas besoin de mots ce jour-là pour que tu perçoives d'instinct et d'emblée que l'homme que tu croises est d'un caractère singulier. En dépit de tes déconvenues passées et de ce que tu es alors pleinement accaparée par les fluctuations des sentiments de l'amour maternel, tu t'éprends immédiatement de lui. Peut-être est-ce à cause de ce que son regard trahit, ou bien de sa démarche étrange, asymétrique et heurtée, séquelle d'une blessure jamais tout à fait guérie. Toujours est-il que le charme qui émane de ce soldat esseulé parmi ses pairs est d'une nature particulière : non pas celui d'un homme qu'on pourrait qualifier de séduisant, mais il est paré de l'aura qu'ont les capitaines au long cours taciturnes et boiteux. Sans que tu te le formules sur l'instant, le pressentiment que vous êtes obscurément liés t'attache à lui sur-le-champ. Pourtant, la force même de cette révélation que tu frôles t'intimide, et tu adresses un signe à tes demoiselles de compagnie, manière d'intimer à tout le monde de rentrer.

Les jours suivants, lorsque tu t'appliques à peindre, les automatismes reviennent. Puis, hasard ou destin, tu le croises à nouveau lors d'une promenade, et cette fois-ci, comme il est sans ses camarades et qu'exceptionnellement tu es sortie seule, il trouve le courage de t'aborder.

47

Au commencement de vos amours, il se refuse à te raconter la cause de sa cicatrice au genou. Il te tait les circonstances, que tu devines terribles, dans lesquelles il a été blessé, et préfère te parler de la seule période véritablement heureuse de sa vie militaire. Vers la fin de la guerre, après un temps de convalescence consécutif à sa blessure, il avait trouvé dans son attachement à son cheval une manière de surmonter sa douleur. Diminué par une claudication marquée, il avait retrouvé ses forces grâce à sa monture, et s'était découvert, cavalier, à nouveau capable d'élan et de liberté, alors qu'il lui avait fallu auparavant plusieurs mois pour retrouver la faculté de marcher sans béquilles.

Lorsqu'il te parle, sa voix est si bien habitée par la mémoire de ces moments particuliers qu'elle a des pouvoirs d'hypnose ; les souvenirs qu'il partage avec toi ne sont pas des choses évanouies et disparues, mais au contraire des images vivantes qui font irruption en plein milieu de la Villa où il vient pour te voir. Il te parle avec enthousiasme de ses chevauchées, escapades aux entours du camp de Cercottes où il était en garnison à la fin de 14-18, sorties dans les bois et les forêts qui lui faisaient un temps oublier son infirmité. Il te dépeint les allées forestières du domaine sylvestre d'Orléans, te dit son goût pour la beauté des grandes futaies de saules, et plus encore pour celle des sous-bois qu'on pénètre par des sentes serpentines – leur atmosphère feutrée, l'attrait magnétique de leur intimité.

Sous les moulures de plâtre aux motifs antiques, clés grecques et feuilles d'acanthe, tout est ressuscité. Sa forêt d'Orléans te remémore si bien le bois de Phalempin que tu le suis sans difficulté tandis qu'il éperonne son cheval, et que tu l'accompagnes sans peine pendant qu'il cavale dans les allées forestières. Vous entendez des feulements, votre monture foule le tapis des feuilles tombées, vous abordez à des étangs immobiles, puis pénétrez dans de grandes clairières enserrées par des bancs de brume. La nuit tombe, vous êtes seuls. Il étreint ta taille, vous vous embrassez ; il défait le nœud par lequel ta robe est nouée dans ton dos, les lacets coulissent dans les œillets. Le corsage s'échancre et cesse de comprimer ta poitrine. Ta robe glisse le long de tes hanches, révélant successivement à René-Frantz la courbe de tes seins, la carnation de ton ventre et le galbe de tes cuisses. Vous vous enfoncez dans l'obscurité.

48

MILITAIRE de carrière, René-Frantz travaille alors à la section blindée du ministère de la Guerre. Il est souvent parti. La vie est rythmée par ces va-et-vient forcés, alternances de périodes d'absence et de présence qui l'une l'autre se nourrissent, et entretiennent la ferveur de vos sentiments. Votre relation se tisse d'instants partagés, de projections et de souvenirs sans cesse plus nombreux. Sous des dehors d'affliction, la peine des départs ravive en vérité chaque fois davantage la passion qui vous anime. Le temps joue pour vous, qui confère à vos entretiens une grâce magnifiée par l'éloignement, et dans l'anticipation que l'attente exalte prépare vos retrouvailles. La Villa bat au rythme de ces allées et venues. René-Frantz parti, elle s'engourdit dans une léthargie heureuse, sommeil de Belle au Bois Dormant que gardent en son seuil ses deux atlantes pétrifiés. L'aimé revenu, ses fenêtres s'illuminent, et tandis qu'au-dedans les bougies des lustres se consument, les lavandes du jardin épanchent au cœur de la nuit qui s'avance leurs fragrances suaves.

Cette oscillation heureuse entre des phases d'éveil et de sommeil profite non seulement à votre amour, mais aussi aux autres habitantes de la maison. Au diapason de tes élans, tes demoiselles de compagnie disparaissent et réapparaissent comme ravies par un charme secret. Plus prodigieux encore, les relations entre ta fille et toi se normalisent. Par on ne sait quelle magie, l'enfant comprend que l'amour qui l'environne la protège, et ses caprices cessent presque tout à fait. Du reste, désormais qu'elle marche, la demeure lui est un royaume : les couloirs sont des galeries de château et le jardin une forêt tout entière, avec ses bosquets en guise de bois et ses palmiers dessinant une vaste canopée. Le dauphin de la fontaine est vivant. Elle grimpe dessus aux côtés du putto.

49

SI LEUR COMMENCEMENT coïncide avec l'époque la plus heureuse de ta vie, les années 1930 ne sont cependant pas pour toi sans vicissitudes. L'envoûtement qui protège la Villa, et la convertit pour un temps en un sanctuaire amoureux que rien ne saurait profaner, n'empêche pas qu'au-dehors les forces de l'Histoire soient à l'œuvre, et leur immixtion dans ta vie d'autant plus certaine à terme que René-Frantz est militaire. Fantassin de l'infanterie légère en 1916 où il est engagé, cavalier après sa convalescence, il s'occupe désormais des chars. Convaincu que la paix est une parenthèse entre deux déferlements de violence armée, et plus encore en ce siècle maudit qu'en nul autre, l'état-major compte sur les blindés pour le conflit qui s'annonce. Or, pour avoir assuré en tant que mécanicien leur dépannage sur le plateau de Doulekenne en Afrique du Nord, René-Frantz connaît sur le bout des doigts le fonctionnement des FT-17, les tanks Renault qui servent de modèle pour le développement des B1 en préparation. En 1932, son dossier est examiné par une commission médicale, mais malgré sa blessure et sa boiterie que les années peinent à dissiper, il est maintenu dans l'armée d'active. Au fil des ans, il part pour des périodes de plus en plus longues : à Mourmelon pour des essais, à Rueil afin de visiter des chaînes de production, aux environs de Besançon sur des champs de tir pour l'entraînement.

50

INSENSIBLEMENT, le dôme invisible qui protège la demeure Paradis se lézarde. L'atmosphère favorablement dominée par un sentiment de merveilleux cède la place à une inquiétante étrangeté. Tandis que pendant les semaines où vous êtes réunis René-Frantz et toi, votre passion première se convertit en des habitudes de tendresse, ses déplacements te sont l'occasion de sombres pensées, réminiscences des douleurs du deuil ou hantises d'un crépuscule qui s'annonce. L'horizon tendu d'une guerre qui se profile t'est d'autant plus un ferment d'angoisse que tu es traversée de visions horrifiques depuis qu'il a consenti à te raconter comment il a été blessé, en 1917, dans un champ de betteraves que les campagnes militaires successives avaient transformé en une étendue trouée de cratères d'obus. S'il est demeuré vague sur les circonstances exactes, il t'en a dit néanmoins assez pour que tu entrevoies la vérité des champs de bataille, et que l'impression nébuleuse que tu t'en faisais jusqu'alors prenne des reliefs saisissants. Dans son récit plein d'ellipses, la part tue l'avait emporté sur la part avouée, mais les manques mêmes avaient délinéé les contours d'un effroyable tableau dans lequel tout s'était amalgamé : les bombes chues du ciel, la tétanie du froid et celle de la peur, les traits des visages qui grimaçaient de douleur, les corps meurtris. Organes, viscères, ligaments, muscles et os s'exposaient à vif. Du sang s'écoulait sur la boue grise. Une infinité de crimes s'étalaient sous tes yeux, et ce carnage insensé te laissait, presque vingt ans après les faits, médusée d'effroi dans le salon de ta Villa.

51

SANS QUE tu te hasardes à restituer ces images du passé pareilles à des délires d'halluciné, ta peinture est témoin du changement d'état d'esprit qui t'affecte alors. Au début de la décade, animée d'une joie qui conférait une légèreté primesautière inédite à ton œuvre, tu avais peint des petits formats pittoresques et sans conséquence : des vues de bord de mer, des paysages de calanques dans lesquels des pins nains se détachent sur des falaises, des mas tranquilles nichés dans les lavandes. Désormais que l'attente ne t'est plus tant une promesse qu'une source de tourments, tu renoues avec les tons et la gravité qui t'étaient autrefois coutumiers. C'est notamment perceptible dans *Les Asphodèles*, où des nuages emportés par le vent s'étirent en longues traînées bleues et grises. Quelques touches violacées aggravent leur aspect menaçant. Au centre de la toile, le vent ramène un ciel dégagé, mais il fait aussi pénétrer depuis le bord gauche un second front orageux. Le regard s'enfonce dans le vide de l'éclaircie entre les deux tempêtes, et il découvre sous l'horizon une petite mare peinte en gris et blanc, au milieu d'une prairie. Au premier plan, des bouts de clôture faits de pieux de bois cassés ou pourris et de fils de fer rouillés donnent au paysage un caractère de complète désolation. Quelque chose de funeste se dégage de cette prairie abandonnée. Son atmosphère éveille une angoisse diffuse lorsqu'on la regarde. On a l'impression que la plaine surmontée de son ciel d'éclaircie entre deux orages est *de l'autre côté*. Cela tient peut-être à l'usage étrange que tu fais des couleurs, ou à la présence de la mare dont la teinte inquiète. Toujours est-il qu'on s'attend à voir surgir des morts. Peut-être même que dans ton idée ils sont déjà au sein du paysage, invisibles.

52

Au château Mercier, depuis ton départ, c'est plus sinistre encore que depuis la disparition de Marie-Louise. L'un après l'autre les enfants sont partis : qui pour Paris où étudier, qui en des provinces reculées afin de se marier. Georges-Armand a peu à peu perdu l'appétit. Mangeant peu et de manière anarchique, il s'est laissé aller. De l'opulence qui l'entourait tout s'est délité. Son épouse est partie, Anatole s'est vengé. Tes frères et sœurs ont suivi leurs destinées. Au fil des ans à l'hiver au domaine, on en est venu à ne plus allumer qu'une seule des cheminées. Dans les angles des murs les plâtres se sont écaillés. Pendant les mois sombres, on n'a plus pris la peine d'éclairer les couloirs. Les vitres de la serre mangée de lierre se sont déchaussées ou brisées, le bassin a été colonisé de lentilles d'eau. Les Rolls Royce elles-mêmes, qui ne sortaient presque jamais, ont commencé à se corroder.

Dans ce paysage de déréliction qui avait été pendant sa jeunesse le décor d'un bonheur auquel il n'aurait pu prétendre, aux lisières de cette forêt à l'orée de laquelle il s'était si souvent campé pour en éprouver la vitalité, il semble errer davantage que se promener. Puisqu'il aime à les parcourir entre chien et loup, sa silhouette hésite dans le demi-jour où sont plongées les allées avant de s'enfouir dans la pénombre, apparition d'autant plus saisissante que son aspect physique évolue rapidement au cours de ces années. Bizarrement, lorsqu'on s'attendrait à le voir amaigri, tout au contraire chez lui s'épaissit. L'air pataud qui était le sien depuis l'adolescence s'aggrave dans son visage bouffi par le remords, la colère rentrée et l'amertume. Dégarni, son front paraît plus gros, presque proéminent ; un larmoiement ininterrompu mouille ses paupières, sans qu'on puisse dire si c'est la marque d'un chagrin inconsolable ou le symptôme d'un dérèglement physique. Tous les traits constitutifs de son expression sont finalement si bien poussés par le travail que la peine accomplit en lui que son apparence en vient à prendre un caractère quasi grotesque.

53

Du reste, l'évolution des habitudes de Georges-Armand n'est pas moins remarquable que celle de son allure. Au fil du temps, il habite de moins en moins souvent le château, et malgré son abattement, ou bien mû par un désir de revanche, il se lance dans des activités d'armateur. À cela concourent trois circonstances : fort de l'expérience de la halte ferroviaire de Mazingarbe, il possède un certain savoir-faire dans la conduction de chantier ; pour n'être pas aussi grande que celle d'Anatole, sa fortune est encore immense et il a les fonds nécessaires ; enfin quoique distendue et houleuse, la relation qui l'attache à toi n'est cependant pas entièrement rompue, et il vient parfois te voir sur la Côte, où le nom de Louis Mercier, son beau-père, qui entre autres charges assuma un temps celle de président du conseil d'administration des chantiers navals, lui ouvre les bonnes portes. Si saugrenue qu'elle paraisse de prime abord, l'entreprise n'est pas qu'un feu de paille et le nombre de bateaux mis en chantier va s'accroissant, mais cette réussite manifeste est en trompe-l'œil. Sous des faux-semblants de succès, son cœur lourd ne s'allège pas. Puis les bénéfices de la rigueur que Georges-Armand met en œuvre dans ses activités d'entrepreneur sont grevés par un passe-temps coupable.

À Cannes, Nice et Monte-Carlo, il joue au casino. Il fréquente occasionnellement puis assidûment ces lieux aux décors magnificents dans lesquels le passage du temps est occulté. Sous de gigantesques coupoles de verre, dans des bâtiments au luxe tapageur, des magnats de l'industrie, de vieux aristocrates et des banquiers véreux frayent avec le milieu interlope, les solides frontières départageant le corps social magiquement rendues poreuses par la présence des croupiers, des cartes à jouer et des roulettes. Dans cette ambiance feutrée, chiffres, couleurs et motifs forment un alphabet qui édicte l'empire des signes sur les destinées, et puisqu'il existe plus de manières de se perdre qu'on ne peut se le représenter, malgré des pertes d'argent mesurées, Georges-Armand s'engage sans s'en apercevoir sur le chemin qui va le voir sombrer.

54

De la même manière qu'il avait ignoré adolescent que Marie-Louise l'épiait dans la chapelle, il ne remarque pas qu'Antoinette l'observe aux tables à jouer du casino de Monte-Carlo. C'est pourquoi il ne soupçonne nullement que la présence de celle-ci un certain soir à ses côtés est calculée, d'autant qu'elle a un je-ne-sais-quoi qui lui rappelle Marie-Louise. Une manière de se tenir, l'indolence affectée avec laquelle elle penche sa tête vers lui, ou le charme certain de son visage le rendent aveugle à sa propre déchéance physique et obscurcissent son jugement, sans quoi il s'aviserait que les œillades appuyées dont il est l'objet sont étonnantes, si ce n'est suspectes ; mais il suffit qu'Antoinette ressuscite en lui le souvenir d'avoir aimé pour qu'il se prenne à croire qu'il peut recommencer, tant il est lassé des sentiments amers qui depuis presque dix ans qu'il vit un purgatoire rivalisent de noirceur et accaparent ses pensées.

D'un rendez-vous l'autre il se lie à elle ; bientôt un mariage est célébré. Puisqu'elle a des attaches en Bretagne et qu'il a fait son temps en tant qu'armateur, ils s'installent tous deux à Dinard, sur la pointe de la Malouine, une falaise escarpée où sont bâties de hautes maisons bourgeoises. Quelques semaines seulement après le mariage, il disparaît mystérieusement.

55

DES DIFFÉRENTES versions qui circulent au sujet de sa disparition, celle qui a ta faveur raconte qu'il a été empoisonné à la digitaline, et que le poison a agi d'autant plus brutalement et efficacement qu'il avait une anomalie cardiaque. Dans le salon principal de la demeure où il prenait le thé, il aurait été saisi de spasmes puis aurait glissé de son fauteuil au sol, inanimé. Chargés de s'occuper du corps, trois hommes seraient entrés dans la pièce ; après avoir pris son pouls pour s'assurer qu'il était effectivement mort, ils auraient enveloppé son corps dans un drap et auraient quitté la grande maison par une porte de service. Ils auraient profité de ce que la nuit fût noire pour faire discrètement, phares éteints, le trajet de la demeure jusqu'au petit port, seraient descendus sur le ponton afin de rejoindre une barque amarrée par avance, puis auraient embarqué le corps lesté d'une pierre. Passé la digue, ils auraient pris la direction du large et, la mer étant agitée, l'embarcation se serait retournée.

Ils se seraient tous trois noyés. Lesté de son rocher, Georges-Armand se serait abîmé encore plus vite que les hommes de main.

56

À LA MORT de ton père, tu ne reçois pas de faire-part de décès. À peine es-tu avertie par un appel téléphonique un vendredi après-midi, veille de la mise en terre. Le délai est insuffisant pour que tu te rendes sur place, de même que pour Anatole et tes frères et sœurs, qui ne sont pas présents non plus. L'enterrement est un simulacre. Organisé à la hâte, sans cérémonie véritable, on y enfouit un cercueil scellé, sous les yeux de la veuve, seule membre de la famille présente. La soudaineté des choses, l'empressement pour la mise en terre, ainsi que la quasi-absence de témoin ce jour-là te convainquent que ton père n'y est pas, et expliquent ta préférence pour l'hypothèse d'un empoisonnement suivi d'un recel du corps.

Pour vivace qu'ait été ta rancune envers Georges-Armand, ta peine à sa disparition n'en est pas moins véritable. Quelque chose est demeuré inaccompli, informulé dans le dialogue entre vous. Vos entrevues des années passées n'ont pas permis de surmonter les passions tristes qui vous animaient tous deux. Ta victoire se teinte d'une nuance maussade, tu te prends de pitié au souvenir des marques de la décrépitude qui fut la sienne et dont tu fus témoin. Toi qui jugeais sévèrement son empâtement et avais jusqu'alors des mots caustiques pour qualifier ses prétentions d'armateur, tu te reproches de n'avoir pas eu quand il en était encore temps les élans de commisération qui peut-être l'eussent consolé, si ce n'est éloigné des lieux de perdition qu'il s'était mis à fréquenter.

Puis la fratrie se querelle sur les questions d'argent, et plus encore qu'auparavant ta condition d'aînée t'isole, quoique tu passes avec tes benjamines une sorte d'alliance. Alors qu'Antoinette s'installe à Monte-Carlo et se montre aussi généreuse de l'héritage avec les trois plus jeunes de ses enfants qu'elle est dispendieuse dans les casinos, vous vous coalisez tes sœurs et toi dans une même réprobation. Mais en dépit de quelques entrevues au cours desquelles vous vous accordez à considérer comme étrange la défaillance cardiaque de votre père, même au regard de sa condition, et opportun pour sa veuve son décès inopiné peu après son mariage, tu es isolée.

57

Le drame personnel que représente pour toi la mort de ton père, ainsi que la captation et la dilapidation de sa fortune par ta belle-mère, coïncide avec la survenue de la guerre. René-Frantz s'éloigne pour longtemps. Nommé au commandement du 49e bataillon blindé, il a sous ses ordres quatorze chars B1 bis. À l'hiver puis au printemps 1940, il stationne dans les Ardennes avant de s'engager au mois de mai dans une contre-attaque qui a pour but de dégager Tannay et ses environs. L'opération tourne au désastre et, après avoir été défait par l'aviation allemande, il est contraint de battre en retraite avec ses hommes.

Si tu n'es pas informée en temps réel des étapes de la débâcle, tu en apprends néanmoins assez pour que les sentiments d'angoisse qui te sont familiers soient ravivés par les mauvaises nouvelles qui filtrent du théâtre des batailles. Les tableaux apocalyptiques que tu t'étais peints après le récit que René-Frantz t'avait fait des circonstances de sa blessure se représentent à ta vue. Seulement, à l'enchevêtrement de corps morts et de boue se substitue un déluge d'obus sur des chars blindés. Les paysages aux tons printaniers qui servent d'arrière-plan à ces scènes contrastent si vivement avec la violence qui s'y déploie que la guerre paraît encore plus scandaleuse d'avoir pour décor une beauté si grande. De temple amoureux la Villa Paradis se fait refuge. L'aura merveilleuse qui se dégageait du lieu s'échange pour une atmosphère de camp retranché. Tu réduis le train de vie, tes demoiselles de compagnie s'en vont rejoindre les leurs. Ta fille, à qui tu lègues ta propension à la taciturnité, quitte l'âge tendre pour celui des secrets. L'espace se réduit aux quelques pièces du rez-de-chaussée, tandis que les étages supérieurs sont provisoirement condamnés. Seul le jardin, dont la végétation s'ensauvage, est d'une vigueur exhaussée maintenant que dans ses bosquets que plus personne ne profane par des jeux il accueille des nichées.

58

À LA SIGNATURE de l'armistice, René-Frantz revient un temps habiter la Villa, mais son séjour est bref, puisqu'après le retrait de l'armée française en Algérie voulu par le général de Gaulle, il est rapidement affecté au 2e régiment de tirailleurs algériens. À partir de cette époque, il est mis au service de l'armée américaine. Pendant plusieurs mois, il effectue des liaisons en hélicoptère entre l'Algérie et la France pour le compte du général Weygand. Les rotations ont lieu de nuit au départ de la base aérienne de Blida située à trente kilomètres au sud-ouest d'Alger. Depuis les contreforts de l'Atlas, il accomplit au-dessus de l'onde noire de la mer Méditerranée le trajet qui rallie la base militaire de Toulon. Toi, frustrée de le savoir possiblement si proche et cependant hors d'atteinte, tu regardes le ciel constellé tout en te récitant certains des poèmes qu'il t'a écrits au commencement de vos amours. Il y est question d'un *secret* qu'il a *vu dans tes yeux sans même que tu ne le saches*. Tu murmures entre tes lèvres les mots de *nuit odorante et belle*, de *baisers*, de *regard*, d'*extase et de parfum*. Dans le ciel nocturne, les constellations tournent doucement, dont tu as peu à peu appris à reconnaître le dessin et à savoir le nom. L'éclat des étoiles est divers. Certaines scintillent et d'autres brillent faiblement. Tu te formules *les Gémeaux, le Capricorne, le Centaure*. La dernière strophe ranime l'incarnat sur tes joues. Elle parle de *ton corps merveilleux* et se termine sur le mot de *vertige*.

59

Ces intermèdes nocturnes, qui mêlent à la contemplation céleste des souvenirs voluptueux, ne forment pourtant qu'un élément du monde intérieur dominé par l'imaginaire inquiet qui est le tien en 1942. Outre que tu crains qu'il arrive malheur à René-Frantz, tes disparus ne sont pas en repos, ou bien c'est toi qui n'es pas en paix avec eux. Pour preuve, les tableaux que tu peins alors, qui témoignent de ton attrait pour le monde des morts, et ton journal qui fait foi que la disparition de Georges-Armand ravive les sentiments douloureux éveillés autrefois par le décès de ta mère. Tu y dis ton désarroi vis-à-vis de l'injustice faite à tes parents, et y consignes que lorsque tu penses à eux, c'est dans un entre-deux qui n'est pas l'éternité dédiée aux âmes pacifiées, ni l'enfer destiné à ceux qui ont commis des fautes, mais un espace nébuleux auquel tu identifies les limbes.

Si le corps de Marie-Louise repose en terre, et que dans l'eau salée où baigne peut-être la dépouille de Georges-Armand la décomposition est encore plus rapide, tu t'imagines ainsi tes parents dans un paysage pareil à tes *Asphodèles*, fantasmagorie teintée tout à la fois de ton goût pour les romans fantastiques et d'un arrière-fond religieux. Aussi, frappée par les montages photographiques populaires à l'époque, qui prétendaient saisir la présence des âmes sur des clichés, et pour ce faire les restituaient sous la forme visible d'ectoplasmes blanchâtres à l'arrière-plan de scènes du quotidien, tu leur donnes dans les portraits que tu fais d'eux à ce moment-là une apparence fantomatique.

60

PUISQUE tu en as fait état en ces termes, et qu'on trouve le mot sous ta plume, on peut penser que ce qui prélude à l'accomplissement des portraits de tes parents est une *apparition*. Peut-être celle-ci est-elle suscitée par le mélange de malaise et de culpabilité que tu éprouves à cause du silence qui a environné leurs disparitions, ou bien c'est ton naturel qui t'incline à croire aux revenants, toujours est-il que pour paradoxal que cela paraisse, tu ressens davantage encore leur présence désormais qu'ils sont morts tous deux.

Déplacé à l'étage, ton atelier est une pièce encombrée de châssis retournés, de palettes aux couleurs mêlées et séchées, ainsi que de pots emplis de différents vernis. Comme dans les maisons abandonnées pour la saison, des draps sont jetés sur le fauteuil et sur les chaises, aussi bien que sur un lot de toiles vierges. Le long des murs, les tranches des peintures déjà finies sont quant à elles couvertes de poussière.

Tu enlèves le drap qui couvre le lot de supports neufs, et tu choisis une petite toile, comme celles qu'on dédie aux icônes, ainsi qu'un grand format. Tu les installes respectivement sur un chevalet, et directement contre un mur. Tu matérialises ensuite les silhouettes en appliquant une première couche opaque. La sous-couche apposée, tu utilises simplement du blanc. Le fond donne à la teinte une profondeur qui la fait ressortir sur le blanc originel du support, et suffit à délinéer les figures. Tu uses ainsi d'une seule teinte à la fois pour le visage et le corps de ta mère, et pour le portrait de Georges-Armand. C'est grâce à l'épaisseur et à la touche, qui amènent différentes nuances sur le fond d'ocre, que tu parviens à rendre les détails. Marie-Louise est en pied, haute de toute sa stature. Le dessin du visage de Georges-Armand est quant à lui si fin, sa peau tellement parcheminée, qu'on croirait un spectre. Pour ses yeux, tu as fait tant de retouches qu'au terme de toutes tes tentatives leur expression est indiscernable au milieu des orbites.

61

Les portraits de tes parents, tu les as peut-être faits à partir de photographies, mais plus vraisemblablement de mémoire, comme s'ils te revenaient. Dans la chronologie de ton œuvre, ils suivent directement *Nuit d'orage*, un des tableaux qui t'ont valu d'être reconnue dans le milieu de la peinture au lendemain de la guerre. Ce qui est remarquable lorsqu'on est confronté à ces portraits, c'est la différence de format des deux supports, ainsi que l'extrême pâleur des visages et des corps. Personne ne sait ni quand ni pourquoi il a été décidé de défaire les peintures de leurs châssis. C'était peut-être ta volonté ou les circonstances, par commodité afin de les déplacer ou de les entreposer. À l'aide d'un marteau, les clous des châssis ont été dégagés un à un. On a désolidarisé les toiles des supports, puis on les a roulées. Demeurés dans la famille, les deux portraits n'ont jamais été vendus. Aujourd'hui encore ils sont en l'état, et l'entretien avec l'au-delà qu'ils accomplissent demeure secret.

62

Au sortir de la guerre, alors que tu es enceinte, René-Frantz se voit récompensé de son engagement dans les forces françaises en Afrique du Nord, et de près de vingt-cinq ans de service dans la cavalerie, par l'octroi de la charge de directeur du Cadre noir. Vous déménagez pour Saumur. Tristement, il n'y a pas de chevaux alors, aux écuries qui autrefois accueillaient les cavaliers parmi les meilleurs du pays, et les bâtiments mal chauffés servent de cantonnement à des soldats pour ainsi dire démobilisés, qui trompent difficilement leur ennui par d'inutiles manœuvres de blindés. Aux prises avec ses propres fantômes et les traumas causés par rien moins que deux guerres, ton mari dort d'un sommeil agité, revivant peut-être à la nuit les scènes de combat les plus douloureuses, ou bien rêvant de nouvelles cavalcades.

Afin de mettre les choses mieux en ordre, soucieux de la cohésion de ce qui sera bientôt une fratrie, vous décidez d'un commun accord de lancer une procédure d'adoption, par laquelle René-Frantz endosse, vis-à-vis de ta fille, les droits et devoirs d'un parent. C'est à ce moment-là également que tes benjamines et toi intentez un procès à Antoinette pour assassinat. Vous réclamez et obtenez par voie de justice l'excavation du corps de Georges-Armand. Tu fais le déplacement pour Dinard. En votre présence et celle d'un notaire, sa tombe est ouverte par des fossoyeurs. L'expertise légiste effectuée montre que l'empreinte de la mâchoire du corps mis en terre n'est pas la sienne, ce dont tu étais déjà convaincue en ton for intérieur. À la place de ton père, quelqu'un a mis dans le cercueil à son nom la dépouille non réclamée d'un autre homme qui avait à peu près la même stature. Mais Antoinette ne sera pas jugée, ni l'héritage rétribué : tout a été dilapidé en quelques années et ta belle-mère meurt peu après la guerre.

63

MALGRÉ le sentiment de frustration qui te vient de ce que la procédure demeure inaboutie, les années d'après-guerre sont des années heureuses. Ton œuvre s'expose enfin au grand jour, chez des galeristes de Paris, de Lyon et de Genève. Les réseaux des marchands d'art croisent ceux des anciens résistants dont René-Frantz est familier, et ta renommée va croissant dans ce milieu étroit et exigeant, qui reconnaît dans tes toiles du talent et de la maîtrise, mais tient en plus haute estime encore cette liberté qui te situe à l'écart de tout mouvement, et identifie dans la singularité de ton travail l'un des ressorts de sa force.

Après Saumur, René-Frantz est affecté à Landau, dans les forces françaises en Allemagne. Tu le suis et t'installes non loin de là, à Neustadt, où ta seconde fille naît. Ensuite, vous partez pour Besançon, où tu donnes naissance à un troisième enfant et où vous demeurez quelque temps, jusqu'à la mise en retraite de René-Frantz et votre retour à Cannes.

Le bonheur de cette époque est consigné dans les poèmes de René-Frantz, qui vantent la beauté de votre maison, parlent d'un avenir radieux, et offrent des images candides d'une nature profuse dans laquelle votre amour libéré de l'emprise des forces de la guerre retrouve sa vigueur d'antan. Réinvestie après avoir été entièrement délaissée, la Villa Paradis bruisse d'une vie nouvelle, arpentée qu'elle est par deux enfants en bas âge. Le jardin se prête à de nouveaux enchantements. Les chambres des étages font peau neuve.

Mais soit qu'en dépit des apparences une profonde amertume te travaille, soit que l'ironie du sort veuille qu'au moment où le bonheur te tend les bras tu ne puisses le saisir, tandis que ton aînée devient une jeune femme et que ta benjamine escortée de ton cadet grandissent, tu tombes malade. D'abord ce n'est presque rien, un certain état de faiblesse au matin, des suées une nuit sur deux. Puis les symptômes se multiplient et s'aggravent.

64

C'EST ALORS que tu peins ton chef-d'œuvre. La toile simplement intitulée *La Forêt*. Un petit format allongé de 72 centimètres par 34, où la magie opère mieux que sur nul autre de tes tableaux. Celui qui t'a rendue célèbre, et t'a valu d'être exposée rue de Seine, avant que les galeristes, puis les musées ne se passent le mot, et que ta cote sur le marché de l'art ne s'établisse là où elle est demeurée depuis. Arrivé trop tard pour empêcher la chute de la maison des vicomtesses du Lymon et la dilapidation d'un patrimoine vieux de plusieurs siècles, le tableau est tout de même venu au jour à temps : à temps pour que tu opères la synthèse de toutes tes œuvres précédentes, à temps pour que tu aies le sentiment d'être parvenue au degré ultime de l'accomplissement de ton art ; puis à temps, aussi, pour qu'il y ait de toi ce dernier témoignage, ce paysage qui est vraisemblablement le plus proche de ton *paysage intérieur*. Lorsqu'on regarde *La Forêt*, on pénètre dans la toile. Le parcours que tu as voulu que l'œil accomplisse, le spectateur l'accomplit, car tu es parvenue à créer des lignes de force invisibles qui approfondissent l'espace du tableau et suscitent l'illusion à qui le regarde d'entrer dans le bois. La prouesse est d'autant plus grande que ta toile embrasse une esthétique qui est le contrepoint exact de celle des tableaux hyperréalistes. Mise en scène d'un espace vaporeux dominé par des teintes sombres, *La Forêt* incline vers le fantastique, mais malgré le *sfumato* qui affecte les contours des arbres, tout y semble incroyablement vrai.

Grandis en se concurrençant les uns les autres pour une place au soleil, les trois trembles du premier plan ont des troncs élancés. Leur espacement n'est pas tout à fait régulier ; les marges qui les séparent des bordures de la toile non plus. Leur écorce est blanche, rendue par des touches très douces, des aplats appliqués avec des soies souples. Quelques nœuds typiques en forme d'yeux sont peints en brun. Il n'y a pas de branches puisque le cadrage ne laisse pas voir les ramures. Le regard pénètre au milieu entre deux arbres, à mi-distance exactement des deux bords. Si c'est par ici que l'on entre dans la forêt, c'est non seulement parce qu'il est naturel au regard d'embrasser d'abord le centre du sujet peint, mais aussi grâce à un ensemble de procédés picturaux qui tiennent aux motifs, aux teintes, et à la brillance de tes couleurs. Subtilement, des ombres qui s'étendent entre les trois trembles, l'ombre centrale est moins opaque, moins ténébreuse que les autres. Le mélange de gris de Payne et de noir de Mars que tu utilises dans différentes proportions selon les endroits est ici composé avec une plus large part de gris qu'ailleurs ; mais surtout, le coup de génie, c'est la concentration en standolie. Un peu plus, à peine, que dans le traitement des autres surfaces. Aimanté par ce très léger surcroît de lumière, l'œil vient se poser là. Puis c'est la perspective qui l'emmène.

65

Je te suis là où tu me conduis, là où tu veux. Je peux refaire le chemin cent fois : c'est toujours le même émerveillement de te suivre, silhouette insaisissable qui s'avance dans le labyrinthe du bois, là juste devant moi. C'est toujours le même émerveillement, et c'est toujours la même terreur aussi. Comme de remonter à l'origine, à la forêt première de l'enfance, et de retrouver la sensation du cœur qui bat quand on s'enfonce sans fil d'Ariane par des sentes inexplorées jusqu'à des étendues interdites. Comme de marcher dans une forêt ancienne, épaisse, secrète, semblable à celle qui environnait les domaines appartenant aux générations avant toi, le bois de Phalempin tel qu'il était à la fin du XIXe siècle, sauvage, empreint d'une brutalité égale à sa beauté.

Je suis sur tes pas, dans ton ombre. Je m'avance dans les sinuosités des futaies, les méandres infinis, les profondeurs creusées par la perspective qui se dessine grâce à la réduction progressive de la taille des troncs et l'apparition des feuillages, à l'arrière-plan. Dans les tréfonds, on ne distingue pas les formes précises des feuilles, mais les ombres sont teintées de vert Véronèse. Certains des spectateurs du tableau disent que le prodige est tel qu'ils pensent sentir des odeurs de sous-bois, entendre des chants d'oiseaux. L'illusion est si efficace qu'ils brûlent de poser les mains sur les troncs afin de sentir le grain de l'écorce. Ils croient fouler le sol où alternent herbe grasse et feuilles chues. Ils éprouvent la souplesse de l'humus qui s'enfonce sous la plante du pied nu. Moi non. Ce n'est pas sensoriellement que j'entre à ta suite dans le bois, c'est plus étrange que cela. C'est comme d'entrer dans le temps, dans l'épaisseur inconnue et extraordinaire du temps. Lorsque j'arrive au bout de la sente, tu es là. Nous sommes tout près l'un de l'autre, au milieu des arbres.

66

Peu à peu tes joues se creusent, ton teint blêmit, et tu prends une apparence plus ou moins semblable à celle de ta mère lors de l'avancement de sa tuberculose. L'inquiétude qui avait été ton lot devient celui de René-Frantz qui, mis en retraite au terme d'une carrière qu'il finit avec les honneurs et le grade de général, a désormais tout son temps pour se tenir auprès de toi. Il t'épaule du mieux qu'il peut de sa confiance, mais tu es peu habituée aux douleurs du corps et tu ne sais pas comment t'y prendre pour cette sorte de combat. Coutumière des maux de l'âme, tu sais te repérer ainsi qu'en pays connu dans les mille nuances de la mélancolie – de la peine doucereuse qui enveloppe à la façon d'un baume à la plus âpre des angoisses – ; néanmoins, si comme tout un chacun tu as expérimenté les souffrances physiques les plus communes, tu méconnais celles de la maladie au long cours. Certains jours c'est supportable, plus proche du déplaisir que du mal ; pourtant la fatigue générale qui te gagne n'a pas de répit, et plus encore que certains élancements douloureux, le sentiment que tes forces t'abandonnent t'est pénible. D'autant que cet épuisement croissant te prive de la peinture : tu gardes bien sûr la faculté de tenir un pinceau en main, mais la disposition ou l'énergie te manquent.

Le plus souvent, l'état propice et la tension d'esprit nécessaires au surgissement de l'*idée* te font défaut. Puis, quand il arrive que l'idée vienne, tu perds la faculté de la transformer en image. Tout le processus se grippe, si bien que les étapes qui d'ordinaire permettent à tes visions de remonter depuis les profondeurs d'ombres dans lesquelles elles se tiennent pour s'établir sur la toile se font graduellement plus insurmontables. Au fil des mois, le va-et-vient entre la main et l'esprit, par lequel le geste facilite les développements de la pensée, et en retour la précision de la pensée autorise la grâce du geste, est davantage empêché. Tu achoppes sur les croquis, et sans ces jalons, tu perds l'itinéraire qui permet à tes tableaux de voir le jour.

67

PAR UN JEU occulte d'équilibre des forces, alors même que tu te trouves peu à peu privée d'exercer tes talents de peintre, c'est au tour de ta fille de te relayer derrière le chevalet. De la même manière que toi pendant ton adolescence, elle pose des tubes de couleur sur un établi, fait ses mélanges directement à même la palette, et peint des motifs sur des toiles. Grandie en marge de ton atelier, respirant dès le berceau des odeurs de térébenthine et des parfums de vernis, elle était depuis toujours familière du rituel que tu accomplissais comme une sorte de cérémonie, par lequel de nulle part surgissaient des arbres aux teintes extraordinaires, des ciels de tempête, ou des forêts profondes. Elle voyait renaître de ta main des figures disparues. Puis pendant l'enfance, pour la divertir de son ennui, tu lui avais offert un coffret de couleurs, des pinceaux et des toiles vierges. Tu lui avais enseigné les rudiments de la technique : la façon de préparer le croquis, le décalque et le fond maigre, et la manière dont on applique par-dessus les touches de peinture à l'huile. Elle avait protesté que dans ses mains à elle ça ne marchait pas : ses croquis étaient maladroits, ses décalques imparfaits et ses fonds étaient trop ternes. Elle s'affligeait de ce qu'avec les couleurs à l'huile quand ça débordait on ne pouvait pas effacer. Elle avait vite abandonné mais la graine était plantée, qui germait maintenant que tu déclinais.

Les tableaux de sa première période sont encore maladroits, la technique peu maîtrisée, la touche hésitante. Des ébauches, des études où l'on retrouve cette même profusion de repentirs, ces empâtements si caractéristiques de tes travaux. Pourtant, si vos touches se ressemblent, elle s'émancipe tout de suite de toi par le choix de ses sujets. En regard de tes paysages sans personnages et sans objets, elle installe dans ses toiles une atmosphère nettement onirique grâce au dessin d'éléments dont l'échelle ou l'assemblage sont détournés. Plus tard, elle s'affirmera dans cette esthétique héritée du surréalisme, avant de faire à ses ciels une part sans cesse croissante.

68

Finalement, l'opération par laquelle on retire une tumeur propage les cellules malignes dans d'autres organes. Dès lors, la médecine ne peut presque plus rien, seulement cette dernière extrémité que sont les soins palliatifs, l'atténuation de la douleur. Pour cela la médication est la même que celle du temps de ta jeunesse : des injections de morphine. Ce n'est pas toi qui t'administres le produit mais une infirmière, plusieurs même qui se relaient à ton chevet, par intervalles de six à huit heures. Ton corps se souvient à la fois de la procédure et des effets du médicament : comment on pompe dans le flacon de dix millilitres le liquide dosé à dix milligrammes par millilitre, la douleur au moment où l'on pousse le piston, le pic brutal dans les minutes qui suivent ; enfin l'analgésie, la disparition de la souffrance. Après quelques semaines et la pose d'une perfusion, les infirmières viennent moins souvent. La pompe à morphine te permet de t'autoadministrer la drogue sans risque d'overdose. C'est lissé, moins brutal, et les effets secondaires sont moins violents.

En plus d'amoindrir la douleur, la morphine a pour effet de ralentir le passage du temps. Pour toi seule bien sûr, puisque autour tout continue à son rythme. Mais étrangement au moment où les choses se précipitent, où la maladie s'emballe, où tes cellules se multiplient anarchiquement, entraînant des défaillances des reins, du foie et des poumons, toi tu ressens que la vie demeure suspendue. L'état de somnolence dans lequel tu te maintiens perpétuellement n'est ni tout à fait de la veille, ni franchement du sommeil. Un engourdissement, une sorte d'entre-deux, un vertige sans fin. Puisque la morphine exerce une action dépressive sur l'appareil respiratoire et que tes poumons sont atteints, ta respiration ralentie fait un bruit faible et régulier. À cela s'ajoute que tu as hérité, sans le savoir jusqu'ici, de la malformation cardiaque de ton père. Ta vie ne tient plus qu'à un fil.

69

LE TABLEAU de la jeune fille aux fleurs que tu as peint lors des derniers jours de ta mère, je l'ai toujours vu aux murs des appartements dans lesquels j'ai grandi. Après que devenu adulte il a disparu pour moi pendant une longue période, il a fini par me revenir, dans son petit cadre noir. Comme le fond, le sol et les souliers de la jeune fille sont également noirs, il est difficile de les distinguer. En bas, le personnage se fond dans l'arrière-plan du tableau, mais plus haut la blancheur de son tablier ainsi que celle de son visage semblent défier l'obscurité avant d'être avalées par les ténèbres.

Longtemps je n'ai pas su nommer toutes les variétés des fleurs qui composent le gigantesque bouquet. Ce n'est qu'à l'âge adulte que j'ai eu la curiosité de chercher et que j'ai trouvé les noms qui manquaient. Je savais reconnaître les tournesols, les mimosas, les iris, les campanules et les dahlias, mais j'ai découvert la forme des cosmos, des chélidoines et des mauves dans un vieux Larousse illustré. Je cherchais les vignettes qui ressemblaient aux fleurs dessinées sur le tableau, et je découvrais non seulement les noms de ces fleurs, mais aussi que tu les avais peintes d'après le même Larousse que celui que j'avais entre les mains, parce qu'elles étaient présentées sur ta toile exactement comme sur les dessins ou les photographies du dictionnaire : avec le même angle, les mêmes petits détails. Alors j'avais le sentiment de te rejoindre, d'être à tes côtés lorsqu'à l'hiver 1927 tu faisais aller ton regard du dictionnaire à la toile, et de la toile au dictionnaire, pour bien reporter les motifs, afin de peindre ce tableau en forme d'adieu à ta mère qui mourait.

Intuitivement, j'ai su depuis la première fois que je l'ai vu que ce bouquet était destiné à des funérailles. Jamais je ne me suis représenté que ces fleurs puissent être un cadeau pour un anniversaire, un mariage ou une célébration heureuse. Au contraire j'ai toujours su qu'elles étaient pour dire au revoir à une mère qui s'en allait.

70

Le chêne planté par Georges-Armand dans le parc du château de Baye au lendemain de ta naissance est désormais plus que centenaire, et voilà que j'ai presque terminé de raconter ton histoire, d'après une feuille A4 manuscrite sur laquelle sont consignées en quelques mots, d'une écriture couchée, les grandes lignes de ta vie. Il ne me reste plus qu'à sortir le tableau ainsi que le vieux chevalet du placard où ils sont remisés. Tout à l'heure, je déchausserai la toile de son cadre et je la disposerai ainsi, nue ; puis, à l'aide d'un bout de tissu imbibé de white-spirit, j'éliminerai le vernis qui la protège. Après quoi j'utiliserai un couteau à peindre afin de gratter la peinture. Je m'en servirai pour détacher de petites écailles, en commençant par les angles. Tout en prenant soin de ne pas entailler la sous-couche, je ferai disparaître l'obscurité qui enserre la jeune fille, le fond de ténèbres et le parquet ciré sur lequel les souliers vernis sont si difficiles à discerner. Je m'appliquerai de plus en plus au fur et à mesure que j'approcherai d'elle, pour ne pas risquer de l'abîmer. Lorsque j'en aurai fini avec le noir, je continuerai avec le bouquet. Je supprimerai les feuillages, puis les fleurs. Alors elle apparaîtra seule au milieu du tableau, sans ornements, et il ne restera plus qu'à gratter la robe pour faire ressortir son visage et ses mains, surfaces claires émergées d'un fond ocre uniforme.

Pour peindre, j'utiliserai les couleurs Leroux : ta marque préférée, celle qui présente sur son nuancier les cinquante-six teintes restées inchangées depuis cent ans. Afin de coller au plus près du tableau original, je me servirai ainsi que toi de divers pinceaux, certains en soies de porc et d'autres en soies chungking, dont le toucher est plus fin. Puisque nous nous ressemblons, je n'aurai qu'à modifier à peine les traits du visage. Il me suffira d'infléchir légèrement l'arc de la paupière et d'appuyer la ligne du nez pour apparaître à ta place, comme par magie. Une fois ma silhouette dessinée, je recommencerai le bouquet. L'éclat des fleurs sera si bien ravivé qu'elles sembleront fraîchement cueillies ; puis je redonnerai vie aux feuillages grâce aux verts Véronèse, Cobalt, et Émeraude.

Je serai gêné quand je rentrerai dans ta chambre, mais je saurai que je suis à ma place, que c'est mon rôle, que je t'ai manqué. Une fois déposé le bouquet dans le vase sur la table de chevet, je te regarderai sans craindre de trouver sur toi les marques de la maladie. Je détaillerai tes traits pendant que tu me regarderas. Tu t'attarderas sur mes yeux, sondant dans l'expression de mon regard ce qui de toi à ton petit-fils a passé. Je découvrirai pour ma part qu'on ne m'a pas menti, et qu'effectivement des grains de beauté dessinent sur ta joue gauche, ainsi que sur la mienne, la constellation de la Grande Ourse. J'effleurerai avec délicatesse ton visage, comme les aveugles regardent à tâtons du bout des doigts le visage d'une aimée. Enfin je te susurrerai les mots qu'on dit dans ces cas-là : que tout va bien, que c'est la paix qui vient, que tu vas rejoindre quelqu'un quelque part.

elle décède le 8 mai 1964,

elle est inhumée au cimetière du Grand Jas à Cannes,

aucune inscription sur la tombe, dalle de marbre noir, avec une flamme en cristal de Daum,

34, allée des Immortelles.

« un endroit où aller »

extrait du catalogue

74. Davitt Moroney
BACH

75. Anna Maria Ortese
CORPS CÉLESTE

76. Pier Paolo Pasolini
DANS LE CŒUR D'UN ENFANT

77. Hubert Nyssen
QUAND TU SERAS À PROUST
LA GUERRE SERA FINIE

78. Göran Tunström
UN PROSATEUR À NEW YORK

79. George Washington Cable
CARANCRO

80. Nadine Ribault
FESTINA LENTE

81. Anne-Marie Garat
LES MAL FAMÉES

82. Alice Ferney
LA CONVERSATION AMOUREUSE

83. Aki Shimazaki
HAMAGURI

84. Nancy Huston
LIMBES/LIMBO

85. Marly Youmans
LITTLE JORDAN

86. Anne Bragance
LE LIT

87. Marian Pankowski
POST-SCRIPTUM À L'AMOUR

88. Jean Joubert
UN PEU AVANT LA NUIT

89. Annie Leclerc
TOI, PÉNÉLOPE

90. Jean-Luc Outers
LA COMPAGNIE DES EAUX

91. Nancy Huston
DOLCE AGONIA

92. Jean Duvignaud
LE PRIX DES CHOSES SANS PRIX

93. Alberto Manguel
STEVENSON SOUS LES PALMIERS

94. Muriel Cerf
LA FEMME AU CHAT

95. Jean Debernard
SIMPLES SOLDATS

96. Nina Berberova
LES DERNIERS ET LES PREMIERS

97. Pierre Aubé
ÉLOGE DU MOUTON

98. Fabienne Pasquet
LA DEUXIÈME MORT DE TOUSSAINT-LOUVERTURE

99. Aki Shimazaki
TSUBAME

100. Anna Maria Ortese
LE SILENCE DE MILAN

101. Guillaume Pigeard de Gurbert
LE MOUCHOIR DE DESDÉMONE

102. Anne Bragance
CASUS BELLI

103. Sebastian Haffner
HISTOIRE D'UN ALLEMAND

104. Hubert Nyssen
ZEG OU LES INFORTUNES DE LA FICTION

105. Marcel Thiry
GRANDES PROSES

106. Annie Leclerc
ÉLOGE DE LA NAGE

107. Joëlle Miquel
CONCERTO POUR ALEXANDRE

108. Raymond Jean
CLOTILDE OU LE SECOND PROCÈS DE BAUDELAIRE

109. Nina Berberova
LE CAP DES TEMPÊTES

110. Anne Walter
C'ÉTAIT UN JOUR TRÈS LENT

111. Vincent Delecroix
RETOUR À BRUXELLES

112. Arnaldo Calveyra
MAÏS EN GRÉGORIEN

113. Kjell Espmark
LE VOYAGE DE VOLTAIRE

114. Timothée de Fombelle
JE DANSE TOUJOURS

115. Lisa Bresner
PÉKIN EST MON JARDIN

116. Nathaniel Hawthorne
VINGT JOURS AVEC JULIAN ET PETIT LAPIN SELON PAPA

117. Annie Leclerc
L'ENFANT, LE PRISONNIER

118. Alberto Manguel
CHEZ BORGES

119. Nina Berberova
MADAME *suivi de* PETITE FILLE

120. Aki Shimazaki
WASURENAGUSA

121. Nancy Huston
UNE ADORATION

122. Jean Duvignaud
LES OCTOS

123. Anne Bragance
LA REINE NUE

124. Alice Ferney
DANS LA GUERRE

125. Anne-Marie Garat
NOUS NOUS CONNAISSONS DÉJÀ

126. Anna Maria Ortese
LE MONACIELLO DE NAPLES *suivi de* LE PHANTASME

127. Anna Maria Ortese
L'INFANTE ENSEVELIE

128. Nina Berberova
LA GRANDE VILLE

129. Rudyard Kipling
UN TAUREAU INTELLIGENT *suivi de* L'HOMME QUI VOULAIT ÊTRE ROI ET AUTRES CONTES CRUELS

130. Sherif Hetata
LA NASSE

131. Frank Huyler
AU SUIVANT

132. Hubert Nyssen
PAVANES ET JAVAS SUR LA TOMBE D'UN PROFESSEUR

133. Anne-Marie Garat
LA ROTONDE

134. Vincent Delecroix
LA PREUVE DE L'EXISTENCE DE DIEU

135. Nadine Ribault
CŒUR ANXIEUX

136. Pia Petersen
PARFOIS IL DISCUTAIT AVEC DIEU

137. Anna Maria Ortese
TERREURS D'ÉTÉ

138. Anna Maria Ortese
LES OMBRA

139. Jean-Luc Outers
LE BUREAU DE L'HEURE

140. Pierre Henry
JOURNAL DE MES SONS

141. Claude Schmitt
L'EMPREINTE, RÉCIT DE LA GUERRE D'ALGÉRIE

142. Alberto Manguel
KIPLING

143. Robert Georgin
SOLSTICE D'AUTOMNE

144. Anne-Marie Garat
UNE FAIM DE LOUP

145. Aki Shimazaki
HOTARU

146. Dominique Sassoon
IL Y A PLUSIEURS MANIÈRES DE PRENDRE DES PHOTOS

147. Berjanette
LES FEMMES, LA TABLE, L'AMOUR

148. Anne Bragance
UNE ENFANCE MAROCAINE

149. Frédéric Chaudière
TRIBULATIONS D'UN STRADIVARIUS EN AMÉRIQUE

150. Paul Gadenne
BALEINE

151. Alberto Manguel
UN AMANT TRÈS VÉTILLEUX

152. Jean Duvignaud
LE SOUS-TEXTE

153. Breyten Breytenbach
LE CŒUR-CHIEN

154. Metin Arditi
DERNIÈRE LETTRE À THÉO

155. George Steiner
UNE CERTAINE IDÉE DE L'EUROPE

156. Robin Chapman
L'ÂGE D'OR DE SANCHO

157. Anne Bragance
DANSEUSE EN ROUGE

158. Pia Petersen
UNE FENÊTRE AU HASARD

159. Pascal Durand
L'ART D'ÊTRE HUGO

160. Metin Arditi
LA PENSION MARGUERITE

161. Alexis Curvers
LE MONASTÈRE DES DEUX-SAINTS-JEAN

162. Sir Arthur Conan Doyle
SOUS LA LAMPE ROUGE

163. Michel Guérin
LA GRANDE DISPUTE

164. Georges Moustaki
SEPT CONTES DU PAYS D'EN FACE

165. Jean Duvignaud
LA RUSE DE VIVRE

166. Frank Huyler
LES LOIS DE L'INVISIBLE

167. Julien Burgonde
LA NOSTALGIE DU FOSSOYEUR

168. Kjell Espmark
BÉLA BARTÓK CONTRE LE TROISIÈME REICH

169. Nancy Huston
LIGNES DE FAILLE

170. Metin Arditi
L'IMPRÉVISIBLE

171. Alice Ferney
LES AUTRES

172. Catherine David
CRESCENDO

173. C. K. Williams
DISSENTIMENTS

174. Anna Maria Ortese
TOUR D'ITALIE

175. Pascal Durand
LA CENSURE INVISIBLE

176. Frédérique Deghelt
LA VIE D'UNE AUTRE

177. Gwenaëlle Aubry
NOTRE VIE S'USE EN TRANSFIGURATIONS

178. Eduardo Berti
RÉTROSPECTIVE DE BERNABÉ LOFEUDO

179. Victor Hugo
NAPOLÉON LE PETIT

180. Göran Tunström
CHANTS DE JALOUSIE

181. Anne Bragance
D'UN PAS TRANQUILLE

182. Annick Stevenson
BLANCHE MEYER ET JEAN GIONO

183. Pia Petersen
PASSER LE PONT

184. Nancy Huston
PASSIONS D'ANNIE LECLERC

185. Annie Leclerc
L'AMOUR SELON MME DE RÊNAL

186. Jean Duvignaud
LE JEU DE L'OIE

187. Breyten Breytenbach
L'ÉTRANGER INTIME

188. Jean-Luc Outers
LE VOYAGE DE LUCA

189. László Földényi
DOSTOÏEVSKI LIT HEGEL EN SIBÉRIE ET FOND EN LARMES

190. Ophélie Jaësan
LE POUVOIR DES ÉCORCES *suivi de* LA NUIT DU SYMBOLE

191. Hubert Nyssen
LES DÉCHIREMENTS

192. Catherine Mézan
UN PIANISTE VU DE DOS

193. Max-Pol Fouchet
DEMEURE LE SECRET

194. Pierrette Fleutiaux
LA SAISON DE MON CONTENTEMENT

195. Arnaldo Calveyra
JOURNAL D'ÉLEUSIS

196. Anna Maria Ortese
AURORA GUERRERA

197. Kjell Espmark
HISTOIRES À CONTRECŒUR

198. Anca Visdei
L'EXIL D'ALEXANDRA

199. Jean-Claude Grumberg
ÇA VA ?

200. Nancy Huston
L'ESPÈCE FABULATRICE

201. Andy Merrifield
L'ÂNE DE SCHUBERT

202. Brigitte Allègre
LES FANTÔMES DE SÉNOMAGUS

203. Dominique Sassoon
ÉVARISTE ET LES CHIRURGIENS

204. Pia Petersen
IOURI

205. Frédérique Deghelt
LA GRAND-MÈRE DE JADE

206. Anne-Marie Garat
HONGRIE

207. Anne Walter
PAULA, EN PROFIL PERDU

208. Anna Maria Ortese
À LA LUMIÈRE DU SUD

209. Hubert Nyssen
L'HELPE MINEURE

210. Nancy Huston
JOCASTE REINE

211. Anna Maria Ortese
FEMMES DE RUSSIE

212. Ophélie Jaësan
ICEBERG MEMORIES

213. Annie Leclerc
PÆDOPHILIA

214. Pia Petersen
UNE LIVRE DE CHAIR

215. Renaud Ego
UNE LÉGENDE DES YEUX

216. Guillaume Pigeard de Gurbert
CONTRE LA PHILOSOPHIE

217. James Matthew Barrie
PORTRAIT DE MARGARET OGILVY PAR SON FILS

218. Frank Huyler
LE DROIT DE LA SOIF

219. Arnaldo Calveyra
LE CAHIER GREC

220. Frédérique Deghelt
LA NONNE ET LE BRIGAND

221. Nicole Roland
KOSABURO, 1945

222. Christian Dumais-Lvowski
ÉTUDES DE TRISTESSE

223. François-Bernard Michel
PROUST ET BECKETT

224. Bernard Pingaud
L'HORLOGE DE VERRE

225. Gisèle Bienne
KATHERINE MANSFIELD DANS LA LUMIÈRE DU SUD

226. Caroline Lunoir
LA FAUTE DE GOÛT

227. Hélène Frappat
INVERNO

228. Jorn de Précy
LE JARDIN PERDU

229. Anna Maria Ortese
MISTERO DOLOROSO

230. Nicole Roland
LES VEILLEURS DE CHAGRIN

231. Éric Vuillard
LA BATAILLE D'OCCIDENT

232. Éric Vuillard
CONGO

233. Valerio Magrelli
CO[RPS]-PROPRIÉTÉ

234. Valerio Magrelli
ADIEU AU FOOT

235. Henry Bauchau
TEMPS DU RÊVE

236. Jean-Claude Grumberg
VOTRE MAMAN

237. François Poirié
À LA LISIÈRE

238. Brigitte Allègre
LE CORAIL DE DARWIN

239. James Matthew Barrie
ADIEU, MISS JULIE LOGAN

240. Hubert Nyssen
DITS ET INÉDITS

241. Bertrand Leclair
MALENTENDUS

242. Cécile Ladjali
SHÂB OU LA NUIT

243. Jean-Luc Outers
DE JOUR COMME DE NUIT

244. Gisèle Bienne
L'ÉTRANGE SOLITUDE DE MANFRED RICHTER

245. Justine Augier
JÉRUSALEM

246. Jean-Claude Grumberg
POUR EN FINIR AVEC LA QUESTION JUIVE

247. Emanuele Trevi
QUELQUE CHOSE D'ÉCRIT

248. François Emmanuel
AVANT LE PASSAGE

249. Olivier Py
SIEGFRIED, NOCTURNE

250. Claude Miller
LE CINÉMATOGRAPHE

251. Clark Ashton Smith
LA FLAMME CHANTANTE

252. Carole Zalberg
FEU POUR FEU

253. Bertrand Leclair
LE VERTIGE DANOIS DE PAUL GAUGUIN

254. Claudie Gallay
DÉTAILS D'OPALKA

255. Éric Vuillard
TRISTESSE DE LA TERRE

256. Valerio Magrelli
GÉOLOGIE D'UN PÈRE

257. Teodor Cerić
JARDINS EN TEMPS DE GUERRE

258. Lucien X. Polastron
UNE BRÈVE HISTOIRE DE TOUS LES LIVRES

259. Geneviève Marie de Maupeou, Alain Sancerni, Lyonel Trouillot
DICTIONNAIRE DE LA RATURE

260. Yves Chaudouët
ESSAI LA PEINTURE

261. Gisèle Bienne
LA BRÛLURE *suivi de* MARIE-SALOPE

262. Jérôme Orsoni
DES MONSTRES LITTÉRAIRES

263. Olivier Dubouclez
HISTOIRE DU BASILIC

264. Jhumpa Lahiri
EN D'AUTRES MOTS

265. Walt Whitman
ÉCRITS DE JEUNESSE

266. Gustavo Dessal
TROP ROUGE

267. Jean-Philippe de Tonnac
AZYME

268. Frédéric Jacques Temple
UNE LONGUE VAGUE PORTEUSE

269. Jérôme Orsoni
PEDRO MAYR

270. Rosie Pinhas-Delpuech
L'ANGOISSE D'ABRAHAM

271. Éric Vuillard
14 JUILLET

272. Javier Cercas
LE POINT AVEUGLE

273. Anna Maria Ortese
LES PETITES PERSONNES

274. Catherine David
LETTRE OUVERTE À MA MAIN GAUCHE

275. Gisèle Bienne
LES FOUS DANS LA MANSARDE

276. Jérôme Orsoni
LE FEU EST LA FLAMME DU FEU

277. Giorgio Van Straten
LE LIVRE DES LIVRES PERDUS

278. Éric Vuillard
L'ORDRE DU JOUR

279. Olivier Dubouclez
ALMERÍA

280. Jean-Claude Grumberg
POUR EN FINIR AVEC LA QUESTION JUIVE
(L'ÊTRE OU PAS)

281. Emanuele Trevi
LE PEUPLE DE BOIS

282. Edgar Morin
L'ÎLE DE LUNA

283. Mark Twain
CETTE MAUDITE RACE HUMAINE

284. Frédéric Jacques Temple
DIVAGABONDAGES

285. Jean-Michel Ribes
CRIS ÉCRITS

286. Armand Farrachi
LE TRIOMPHE DE LA BÊTISE

287. Edoardo Albinati
UN ADULTÈRE

288. Éric Vuillard
LA GUERRE DES PAUVRES

289. Gisèle Bienne
LA MALCHIMIE

290. Caroline Fauchon
SANS EUX

291. Patrick Cloux
DURER ENCORE

292. Fabio Viscogliosi
HARPO

293. Espedite
COSMÉTIQUE DU CHAOS

294. Sébastien Berlendis
DES SAISONS ADOLESCENTES

295. Emanuele Trevi
SONGES ET FABLES

296. Gisèle Bienne
L'HOMME-FRÈRE

297. Pierre Loti
LE MARABOUT, LA PERRUCHE ET LE SINGE

298. Marco Martella
FLEURS

299. Laura Ulonati
DANS TOUT LE BLEU

300. Laurent Nunez
LE MODE AVION

301. Sébastien Berlendis
SEIZE LACS ET UNE SEULE MER

302. Éric Vuillard
UNE SORTIE HONORABLE

303. Eszter T. Molnár
TERÉZ, OU LA MÉMOIRE DU CORPS

304. Joseph Andras
POUR VOUS COMBATTRE

305. Bruno Messina
43 FEUILLETS

306. Claudie Gallay
VICTOR

307. Espedite
UTÉROTOPIE

308. Mario Pasa
L'INFANTE SAUVAGE

309. Florian Préclaire
LE CAVALIER DE SAUMUR

310. Gisèle Bienne
LES LARMES DE CHALAMOV

311. Marco Martella
LES FRUITS DU MYROBOLAN

312. Jean-Michel Ribes
DICTIONNAIRE DE MES AMIS RECOMMANDABLES

313. Sébastien Berlendis
LUNGOMARE

314. Matthieu Mégevand
COMME APRÈS

315. Murray Bail
LUI.

316. Bruno Messina
FEU SAINT ANTOINE

317. Florian Préclaire
ALLÉE DES IMMORTELLES

OUVRAGE RÉALISÉ
PAR L'ATELIER GRAPHIQUE ACTES SUD
REPRODUIT ET ACHEVÉ D'IMPRIMER
EN MARS 2024
PAR NORMANDIE ROTO IMPRESSION S.A.S.
À LONRAI
POUR LE COMPTE DES ÉDITIONS
ACTES SUD
LE MÉJAN
PLACE NINA-BERBEROVA
13200 ARLES

DÉPÔT LÉGAL
1re ÉDITION : MAI 2024
N° impr. : 2401226
(Imprimé en France)